Georges Simenon

Le bourgmestre de Furnes

Gallimard

Georges Simenon naît à Liège le 13 février 1903.

Après des études chez les jésuites, il devient, en 1919, apprenti pâtissier, puis commis de librairie, et enfin reporter et billettiste à *La Gazette de Liège.* Il publie en souscription son premier roman, *Au pont des Arches,* en 1921 et quitte Liège pour Paris. Il se marie en 1923 avec «Tigy», et fait paraître des contes et des nouvelles dans plusieurs journaux. *Le roman d'une dactylo,* son premier roman «populaire» paraît en 1924, sous un pseudonyme. Jusqu'en 1930, il publie contes, nouvelles, romans chez différents éditeurs.

En 1931, le commissaire Maigret commence ses enquêtes... On tourne les premiers films adaptés de l'œuvre de Georges Simenon. Il alterne romans, voyages et reportages, et quitte son éditeur Fayard pour les Éditions Gallimard où il rencontre André Gide.

Durant la guerre, il est responsable des réfugiés belges à La Rochelle et vit en Vendée. En 1945, il émigre aux États-Unis. Après avoir divorcé et s'être remarié avec Denise Ouimet, il rentre en Europe et s'installe définitivement en Suisse.

La publication de ses œuvres complètes (72 volumes!) commence en 1967. Cinq ans plus tard, il annonce officiellement sa décision de ne plus écrire de romans.

Georges Simenon meurt à Lausanne en 1989.

Je ne connais pas Furnes.
Je ne connais ni son bourgmestre ni ses habitants.
Furnes n'est pour moi que comme un motif musical.
J'espère donc que personne ne voudra malgré tout se reconnaître dans l'un ou l'autre des personnages de mon histoire.

Georges Simenon.

PREMIÈRE PARTIE

I

Cinq heures moins deux. Joris Terlinck, qui avait levé la tête pour regarder l'heure à son chronomètre qu'il posait toujours sur le bureau, avait juste le temps devant lui.

Le temps d'abord de souligner au crayon rouge un dernier chiffre et de refermer un dossier dont le papier bulle portait la mention : « Projet de devis pour l'installation de l'eau et en général pour tous les travaux de plomberie du nouvel hôpital Saint-Eloi. »

Le temps ensuite de repousser un peu son fauteuil, de prendre un cigare dans sa poche, de le faire craquer et d'en couper le bout à l'aide d'un joli appareil nickelé qu'il tira de son gilet.

La nuit était tombée, puisqu'on était à la fin novembre. Au-dessus de la tête de Joris Terlinck, dans le cabinet du maire de Furnes, tout un cercle de bougies étaient allumées, mais c'étaient des bougies électriques, plaquées de fausses larmes jaunes.

Le cigare tirait bien. Tous les cigares de Terlinck tiraient bien, puisque c'était lui le fabricant et qu'il se réservait une qualité spéciale. Le tabac allumé, le bout humecté et soigneusement arrondi, il restait à sortir le fume-cigare en ambre de son étui qui faisait en se refermant un bruit sec très caractéristique — des gens, à Furnes, reconnaissaient la présence de Terlinck à ce bruit-là !

Et ce n'était pas tout. Les deux minutes n'étaient pas usées. De son fauteuil, en tournant un peu la tête, Terlinck découvrait, entre les rideaux de velours sombre des fenêtres, la grand-place de Furnes, ses maisons à pignon dentelé, l'église Sainte-Walburge et les douze becs de gaz le long des trottoirs. Il en connaissait le nombre, car c'était lui qui les avait fait poser ! Par contre, personne ne pouvait se vanter de connaître le nombre de pavés de la place, des milliers de petits pavés inégaux et ronds qui paraissaient avoir été dessinés consciencieusement, un à un, par un peintre primitif.

Sur tout cela, une fine buée, blanchâtre autour des réverbères ; par terre, bien qu'il n'eût pas plu, une sorte de vernis, de laque faite de boue bien noire qui gardait en relief les traces des roues de charrettes.

Encore une demi-minute à peine. Le nuage de fumée s'étirait autour de Terlinck. A travers, il voyait, au-dessus de la cheminée monumentale, le fameux portrait de Van de Vliet avec son costume extraordinaire, ses manches à gigot, ses nœuds de rubans et des plumes à son chapeau.

Est-ce que Joris Terlinck n'adressait pas un clin d'œil à son ancien ? Battait-il simplement des paupières parce que la fumée le picotait ?

Il aurait pu, là, de sa place, annoncer qu'un

mouvement d'horlogerie se tendait, se mettait en branle, d'abord au-dessus de lui, dans la tour de l'Hôtel de Ville où une horloge au son grave allait laisser tomber ses cinq coups ; puis, avec un décalage d'un dixième de seconde, dans le Beffroi d'où s'échapperait la ritournelle du carillon.

Alors il regardait, à l'autre bout du vaste cabinet, une porte qui se confondait avec les lambris sculptés. Il attendait le grattement, le toussotement et il prononçait :

— Entrez, monsieur Kempenaar !

Il aurait pu dire Kempenaar, puisque c'était le secrétaire de la mairie, donc son inférieur. Or, il ne donnait du monsieur à personne, sinon à Kempenaar, et il le faisait de telle sorte qu'il semblait vouloir écraser celui-ci.

— Bonsoir, Baas !

Lui, on l'appelait Baas, c'est-à-dire Patron, non seulement chez lui, non seulement dans sa manufacture de cigares, mais à l'Hôtel de Ville, au café et jusque dans la rue.

C'était l'heure du courrier. Cela se passait toujours de la même manière. Kempenaar était penché sur le bourgmestre, le corps en retrait et recevait au visage toute la fumée du cigare. Terlinck signait les lettres tapées avec une machine ancienne que le secrétaire était seul à pouvoir faire marcher.

Au troisième feuillet, il n'y avait pas encore eu d'accrochage. Au quatrième, enfin, Terlinck souligna de l'ongle un A qui avait été tapé pour un O, puis déchira le papier en menus morceaux et le jeta dans la corbeille, sans rien dire, selon la tradition.

Quand ce fut fini, Kempenaar se saisit avidement de ce qui restait du dossier, voulut plonger vers la porte et le Baas lui lâcha du fil, le laissa atteindre le milieu du tapis avec l'espoir de la délivrance, puis tira soudain sur la laisse en articulant :

— A propos, monsieur Kempenaar...

Et le « monsieur » était si insistant que le secrétaire de la mairie, lorsqu'il se retourna, avait de la sueur sur son front marqué par la petite vérole.

Du milieu de la grand-place on les voyait très bien, Terlinck installé dans sa fumée, l'autre debout à quelques mètres, son dossier à la main, et chacun savait à Furnes que c'étaient le bourgmestre et le secrétaire, chacun savait aussi que ce dernier aurait un mauvais moment à passer.

— Vous étiez, hier, à la soirée du patronage Saint-Joseph, n'est-ce pas ?

— Oui, Baas !

Et Kempenaar ignorait encore d'où le coup allait lui venir.

— Il paraît que vous avez chanté *Les Noces de Jeannette* et qu'on vous a beaucoup applaudi...

Car Kempenaar, qui possédait une voix de baryton, se produisait dans tous les concerts d'amateurs.

— Léonard Van Hamme, entre autres, vous a complimenté...

Cette fois, Kempenaar rougit, car il avait compris. Léonard Van Hamme, le brasseur, était à l'Hôtel de Ville l'ennemi personnel du bourgmestre.

— ...Vous avez parlé de moi tous les deux, à la buvette, et vous lui avez laissé entendre que je serais secrètement affilié à la franc-maçonnerie...

— Je vous jure, Baas...

— Non seulement vous sentez mauvais, monsieur Kempenaar, car vous sentez mauvais, ce qui m'oblige à fumer dès que vous entrez dans mon bureau, mais encore vous trahissez pour le plaisir de trahir, pour vous mettre bien avec quelqu'un qui pourrait vous être utile un jour... Vous me dégoûtez, monsieur Kempenaar... Vous pouvez disposer... Bonsoir, monsieur Kempenaar...

Quand le bonhomme grêlé, mal soigné et d'une propreté toujours douteuse, eut fondu dans l'entre-bâillement de la porte, Joris Terlinck, en appuyant ses deux mains à plat sur le bureau pour se lever, adressa un nouveau clin d'œil à Van de Vliet.

Il devait le comprendre, celui-là !

Tout l'hiver, il était vêtu de la même manière : des guêtres de cuir noir, un complet gris en tissu inusable, et, par-dessus, une sorte de court paletot doublé de fourrure. Comme coiffure, un bonnet de loutre dont le noir soulignait la rousseur flamboyante des moustaches et le bleu ardoise des yeux.

Rue du Marché, il s'arrêta devant chez Van Melle, la charcuterie qui faisait aussi les primeurs et où du gibier formait guirlande autour de l'étalage.

— Qu'est-ce que vous prendrez aujourd'hui, Baas ? lui demanda la boulotte Mme Van Melle.

— Ils sont bien frais, les perdreaux ?

— De ce matin... Je vous en mets un ?

Car il n'en prenait jamais qu'un. Cela faisait peut-être jaser, mais c'était son affaire. Puis il revenait vers la grand-place. Sa maison était une maison à pignon ouvragé, en briques noircies, au double perron de cinq marches avec balustrade en fer forgé. Il faisait tomber la boue de ses semelles. Il entrait dans la salle à manger où deux couverts étaient mis sous une lampe à abat-jour rose.

Mme Terlinck était à coudre, près du poêle bien astiqué, et elle avait chaque soir le même tressaillement de surprise comme si, depuis des éternités, elle n'avait pu s'habituer à l'idée qu'il rentrait un peu avant six heures. Elle ne disait rien, car dans la maison on ne se souhaitait ni le bonjour ni le bonsoir, ce qui est inutile entre gens qui se voient sans cesse. Elle ramassait en hâte ses bouts de tissus, ses bobines, ses ciseaux, enfouissait le tout pêle-mêle dans sa corbeille à ouvrage et entrebâillait la porte de la cuisine.

— Servez, Maria !

Lui se voyait dans la glace qui surmontait la cheminée, dans une étrange atmosphère que créait l'abat-rouge rose. Il restait impassible en se regardant, mais il se regardait tout le temps qu'il mettait à retirer son paletot et son bonnet de loutre, puis à se chauffer les mains au-dessus du poêle.

Maria surgissait de la cuisine, prenait tout de suite le petit paquet contenant le perdreau ; puis elle apportait la soupière et on ne parlait toujours pas.

Les volets n'étaient pas fermés, et, à travers la fenêtre garnie d'un pot de cuivre contenant une plante verte, on les distinguait du dehors, évoluant dans leur lumière rose, graves et silencieux comme des poissons d'aquarium.

Une fois Terlinck assis, seulement, sa femme s'asseyait à son tour, croisait les mains, récitait le *Benedicite,* d'abord à voix basse, en remuant les lèvres ; peu à peu le susurrement se faisait distinct et aux dernières syllabes devenait un murmure.

Après la soupe, on servit des pommes de terre au petit lait. Terlinck aimait les pommes de terre au petit lait, relevées d'un oignon rouge coupé menu, et depuis trente ans il en mangeait tous les soirs.

La porte de la cuisine était ouverte et on entendait grésiller le perdreau, mais on savait qu'on n'y goûterait pas.

Mme Terlinck attendait les dernières bouchées du Baas pour annoncer d'une petite voix peureuse :

— On a apporté le charbon...

Ou bien :

— On est venu toucher la note du gaz...

N'importe quoi ! Une quelconque nouvelle domestique. Alors il la regardait sans répondre, comme sans penser, repoussait un peu sa chaise et allumait un cigare.

Ce soir-là, il ne l'avait pas encore glissé dans le fume-cigare en ambre, que la sonnette carillonna dans le corridor.

Elle faisait beaucoup de bruit. Le corridor était large, dallé, la cage d'escalier spacieuse et les sons étaient renvoyés d'un mur à l'autre, surtout le soir, surtout quand on ne s'y attendait pas.

On s'y attendait si peu que Maria, la servante, resta un moment à regarder son maître pour savoir ce qu'elle devait faire. Quand elle eut ouvert la porte, on entendit chuchoter dans le couloir. Elle revint, annonça, surprise et inquiète :

— C'est le petit Claes...

Rien que cette visite imprévue donnait à Mme Terlinck un visage de catastrophe. Elle épiait son mari, puis Maria et ses yeux faits pour pleurer exprimaient déjà la détresse.

— Où est-il ?

— Je l'ai laissé dans le corridor...

Maria n'avait même pas allumé la lampe ! Terlinck trouva Jef Claes debout dans l'ombre, près du mur, son chapeau à la main.

— Qu'est-ce que tu veux ?

— J'ai besoin de vous parler, Baas...

Tout cela était absolument irrégulier. Jef Claes, qui était employé depuis quelques mois à la manufacture de cigares, n'avait pas à venir sonner chez son patron. Et s'il avait quelque chose d'important à lui dire, il n'avait qu'à le dire pendant la journée, au bureau.

Terlinck, pourtant, ouvrit la porte qui était juste en face de la salle à manger et tourna le commutateur, entra dans son cabinet, se retourna, impatient.

— Eh bien ?... Entre...

On ne faisait pas de feu de toute la journée dans cette pièce, mais en y pénétrant, Terlinck allumait un radiateur à gaz placé derrière son fauteuil et qui lui brûlait le dos.

Assis, il laissa le jeune homme debout, remarqua ses yeux fiévreux, ses mains qui trituraient le bord du chapeau.

— Qu'est-ce que tu veux ?

L'autre était si ému qu'il ne parvenait pas à parler et il regardait autour de lui comme s'il eût voulu fuir.

Au lieu de l'aider, le massif Terlinck le regardait à travers la fumée de son cigare, non comme on regarde un homme, un de ses semblables, mais comme on regarde quelque chose, n'importe quoi, un mur ou la pluie qui tombe.

— Voilà, Baas...

Il savait que cela ne servirait à rien de pleurer. Au contraire ! Il se retenait. Il ouvrait la bouche, la refermait, tirait sur son col qui l'étranglait.

— Je suis venu...

Il était maigre comme le poulet rachitique d'une couvée, celui que pour des raisons mystérieuses la poule repousse à coups de bec. Il était vêtu de noir, parce que tous les employés de Terlinck se croyaient obligés de s'habiller de noir, avec des cols raides et des manchettes, et des souliers à bout verni.

— Il faut que je vous demande...

Et enfin, comme un abcès qui crève :

— J'ai absolument besoin de mille francs... Je n'ai pas osé vous en parler au bureau... Vous me les retiendrez sur mon traitement.

La fumée montait tout doucement du cigare, un cigare très noir, à la cendre extrêmement blanche que Terlinck gardait intacte aussi longtemps que possible et qu'il contemplait avec satisfaction.

— Quand est-ce qu'on t'a encore donné une avance ?

— Il y a deux mois... Ma mère était malade...

— Et ta mère est à nouveau malade ?

— Non, Baas...

Il secouait la tête. Il était plus perdu, au milieu de ce bureau qu'envahissait la chaleur du poêle à gaz, que dans une ville inconnue ou dans un désert.

— Si vous ne me donnez pas les mille francs, je me tuerai...

— Oui ? s'étonna modérément Terlinck en levant la tête. Tu feras vraiment une chose pareille ?

— Il le faudra... Je vous jure, Baas, que j'ai absolument besoin de cet argent...

— Tu as un revolver, au moins ?

Et le gamin ne put s'empêcher de toucher sa poche, de proclamer avec une involontaire fierté :

— J'en ai un !

— J'oubliais que ton père était adjudant...

Encore le silence et, plus sensible, le sifflement du

gaz dans tous les petits trous du radiateur, les flammes bleues qui dansaient.

— Écoutez, Baas... Si vous l'exigez, je vous dirai tout, à vous seul, en vous demandant le secret...

Le bureau, en bois clair, lissé par le temps, était incrusté d'un maroquin vert sombre sur lequel étaient rangés des encriers, des plumes et un presse-papiers en verre épais qui représentait Notre-Dame de Lourdes. A droite de Terlinck, à portée de sa main, un coffre-fort noir était scellé à la muraille.

— J'écoute...

— Eh bien !... J'ai fait un enfant à une jeune fille... Je l'épouserai... Je jure que je l'épouserai un jour mais, pour le moment, ce n'est pas possible...

Pas un trait de Terlinck ne frémissait et son regard était toujours posé sur le jeune homme comme sur un mur.

— Il faut que nous fassions quelque chose... Vous comprenez ce que je veux dire ?... J'ai trouvé, à Nieuport, une femme qui accepte moyennant deux mille francs, dont mille payés d'avance...

Il haletait, attendait une réponse, un mot, un réflexe et rien ne venait, qu'une question banale, pas même ironique.

— Quel âge as-tu ?

— Dix-neuf ans, Baas... Il faut encore que je fasse mon service militaire... Après, je suis sûr de me créer une situation et je pourrai...

Quelqu'un passa sur le trottoir et Jef Claes se tourna involontairement vers la fenêtre, gêné qu'on pût le voir du dehors dans une telle posture. Est-ce que, même de loin, on ne devinerait pas tout ce qu'il disait ?

— Si je pouvais l'épouser dès maintenant, je le ferais... C'est tout à fait impossible... Son père me mettrait à la porte... Il y a déjà longtemps qu'il nous a interdit de nous voir...

— Qui est-ce ?

Pas de réponse. Le gamin hésitait. Il avait trop chaud. Ses joues brûlaient. Et on eût dit que le silence de Terlinck était encore plus impérieux que ses paroles.

A la fin, Jef balbutia, tête basse :

— Lina Van Hamme...

— La fille de Léonard ?

— Je vous en supplie, Baas !... Je sais que vous êtes bon...

— Je n'ai jamais été bon...

— Je sais que vous comprenez, que...

— Je ne comprends rien du tout...

Était-ce possible ? Non ! Il devait se moquer ! Jef levait la tête, cherchait une explication sur le visage de son patron.

— Si je sors d'ici sans cet argent, je me tuerai... Vous ne me croyez pas ?... Le revolver est chargé, dans ma poche... Je ne veux pas que Lina soit déshonorée...

— Le plus sûr était de la laisser tranquille !

Il était aussi calme qu'à l'Hôtel de Ville quand il disait ses quatre vérités à M. Kempenaar.

— Baas ! Si je me jetais à vos genoux...

— Cela ne t'avancerait à rien et tu aurais l'air d'un imbécile...

— Vous n'allez pas me refuser ce que je vous demande, n'est-ce pas ? Qu'est-ce que c'est, pour vous, mille francs !

— C'est mille francs !

— Moi, cela représente toute ma vie, l'honneur, le bonheur de Lina... Je ne veux pas croire qu'un homme...

— Il faut croire !

— Baas !

— Quoi ?

Terlinck décelait parfaitement dans les yeux du jeune homme comme un vertige, un vertige de haine, une menace terrible.

— C'est le coffre-fort que tu regardes ? Tu te dis que tu pourrais me tuer et prendre ce qu'il y a dedans, des milliers et des milliers de francs, de quoi payer autant de sages-femmes que tu voudrais ?

Il soupira, regretta que la cendre de son cigare fût tombée et tapota le revers de son veston pour l'en débarrasser.

— Tu es jeune, Jef ! Ça te passera...

En même temps il se levait.

— Vous refusez ?

— Je refuse.

— Pourquoi ?

— Parce que chacun doit porter la responsabilité de ses actes. Ce n'est pas moi qui ai pris du plaisir avec Mlle Van Hamme, n'est-ce pas ?

Il avançait et Jef reculait.

— J'ai toujours interdit qu'on me dérange chez moi.

Son interlocuteur atteignait la fraîcheur du corridor. Terlinck tournait le commutateur, ouvrait la porte.

— Bonsoir !

Et l'huis se refermait sur la place déserte qu'allaient traverser les pas sonores de Jef Claes.

Joris n'eut même pas l'idée de dire à sa femme ce que Jef était venu faire et celle-ci eut encore moins l'idée de le lui demander. Penchée sur sa couture, elle se contenta de lui lancer de petits coups d'œil, avec sur le visage son éternelle expression inquiète et désolée.

C'était une femme qui avait passé sa vie à pleurer et qui pleurerait jusqu'à la fin de ses jours. Maria finissait de desservir, les reins ceints d'un tablier à petits carreaux.

— C'est prêt ? demanda Terlinck.

— C'est prêt, Baas.

Il alla dans la cuisine et prit un plat en émail qui contenait le perdreau. Il découpa celui-ci en petits morceaux, sur le coin du feu, émietta du pain dans la sauce, comme on fait pour la pâtée d'un chien.

Après quoi il monta au second étage, parcourut un couloir assez long entre des pièces mansardées. A mesure qu'il avançait, il faisait moins de bruit, s'obligeait à marcher sur la pointe des pieds et enfin il ouvrit un guichet aménagé dans une porte.

Aussitôt un chant cessa, ou plutôt un étrange récitatif improvisé par une voix de femme. De l'autre côté du guichet, c'était l'obscurité complète. A peine devinait-on un corps replié sur un lit.

— C'est moi, Emilia... murmura Terlinck avec douceur.

Silence. Mais il voyait des yeux braqués sur lui, comme on voit des yeux dans la nuit des forêts.

— Tu es sage, n'est-ce pas ? Tu es bien sage ? Ce soir, je t'ai apporté un perdreau...

Il attendait, tel un dompteur qui attend le calme complet du fauve pour entrer dans sa cage.

— Sage, Emilia... Sage...

Lentement il tournait la clef dans la serrure. Puis, la porte entrouverte, il n'avait qu'un pas à faire, un geste pour déposer le plat d'émail sur le lit.

— Sage...

Et le regard... Le corps nu replié sur lui-même...

— Sage !...

Il refermait la porte, regardait encore un instant à travers le judas, mais il savait qu'Emilia ne bougerait pas tant qu'elle le sentirait là.

En bas, il ne dit rien. Sa femme cousait, levait les yeux sur lui, soupirait et les baissait vers son ouvrage. Par la porte ouverte, on apercevait Maria qui lavait la vaisselle.

Il mit son paletot fourré, comme les autres soirs, son bonnet de loutre, entra dans son bureau pour y prendre des cigares dans la boîte qui était sur le coin de la cheminée.

Dehors, il ne pleuvait pas mais le brouillard couvrait le sol et les objets d'une couche liquide. De l'Hôtel de Ville, il n'y avait plus d'éclairé que le disque roux de l'horloge, au-dessus de la tour, et la lanterne sanglante du commissariat de police, à gauche de l'entrée principale.

Au moment de pénétrer, ainsi qu'il le faisait chaque soir, au café du « Vieux Beffroi », à quelques maisons de chez lui, il lut machinalement sur la plaque de marmorite, en lettres d'or : « Bières Van Hamme ».

Il ne sourit pas, secoua ses chaussures, poussa la porte à vitre dépolie et entra dans la chaleur et dans l'odeur des cigares, dans un murmure où on devinait en litanie :

— Bonsoir, Baas...

Les murs étaient sombres. Les meubles étaient sombres. Le « Vieux Beffroi » avait copié le style lourd et sévère de l'Hôtel de Ville et, comme à l'Hôtel de Ville, les murs étaient décorés de blasons, la cheminée entourée de bois sculpté.

Sans se presser et même au ralenti, Terlinck retirait sa courte pelisse, regardait à gauche, à droite, regardait les cartes des joueurs de whist, la position des pièces sur un échiquier et enfin s'asseyait à sa place, entre le comptoir et la cheminée.

Son étui claqua. Il était arrivé à la moitié de son cigare et à ce moment il prenait un second bout d'ambre, plus long que le premier, afin que la fumée eût toujours la même distance à parcourir et gardât une température uniforme.

Le second bout était dans un étui, lui aussi, l'étui dans l'autre poche du gilet.

Kees, le patron du « Vieux Beffroi », lui apportait une chope de bière brune couverte d'une mousse crémeuse.

— Bonsoir, Baas...

— ... soir, Kees !

A vrai dire, les syllabes étaient plus lourdes, plus dures, parce qu'on parlait flamand et qu'on le parlait avec l'accent de Furnes.

Kees disait en réalité :

— *Goeden avond, Baas...*

Et l'autre répliquait à peu près :

— *... navond, Kees !*

Des chromos représentaient, l'un un cigare au quart consumé et posé au coin d'une table couverte d'un tapis à franges, l'autre, un personnage dodu qui fumait en souriant béatement.

Les deux chromos, aux tons de vieilles peintures flamandes, étaient des réclames pour les cigares *Vlaamsche Vlag* que Terlinck fabriquait.

Vlaamsche Vlag ! Drapeau flamand !

Quelques-uns buvaient du genièvre mais la plupart buvaient de la bière. Et pourtant c'était l'odeur pointue du genièvre qui dominait, transperçant même, eût-on dit, l'arôme épais des cigares et des pipes.

Le poêle aux lourdes cuivreries ronflait, avec parfois, à cause d'un souffle d'air, une frénésie subite. Les jambes s'allongeaient. Les pions avançaient sur l'échiquier. Les joueurs de cartes s'échauffaient. Un clairon sonnait, dans une lointaine cour de caserne.

— Tu triches, Poterman! disait paisiblement Terlinck, de son coin, toujours le même, dans l'angle de la cheminée.

Et Poterman rougissait, car ce n'était pas une plaisanterie. Terlinck ne plaisantait jamais. Il énonçait des vérités, comme ça, tranquillement, sans se donner la peine de les envelopper d'un sourire ou d'indignation.

— Je triche, moi?

— Oui, toi! Tu viens, avec ton petit doigt, d'avancer ton fou d'une case...

— Si je l'ai fait, je jure que ce n'est pas exprès!

Tout était lourd, l'air, les gestes, la lumière qui pénétrait avec peine la couche de fumée formant nappe, et, dehors, cette autre nappe d'humidité fluide, de milliards de gouttelettes invisibles suspendues au-dessus de la ville et des champs.

Lourds les pions de l'échiquier, et lourdes les cartes aux dessins naïfs et lourds les chromos, lourde la chaleur, lourd même, encore imprimé en caractères gothiques, le titre du journal local et que Joris Terlinck déployait.

Kees, le patron du « Vieux Beffroi », essuyait sa pompe à bière chaque fois qu'il en avait tiré un verre et sa femme, au fond de la salle, raccommodait une culotte qui devait être celle d'un gamin de dix ans.

Il traînait encore dans l'air des relents de lapin. Les patrons avaient mangé du lapin à souper. La bonne se couchait, à l'étage au-dessus, car elle se levait à cinq heures du matin.

Et voilà que soudain on entendait, traçant sur la place une diagonale bruyante, des pas précipités. Un homme courait, s'attaquait à la porte que, dans sa fièvre, il n'ouvrait pas du premier coup, tournant sans doute le bouton en sens inverse.

On le regardait. C'était un des dix agents de police de Furnes, un père de famille nombreuse nommé depuis deux ans.

— Baas !... Baas !...

Malgré la gravité de la situation, il sentait toute l'incorrection de son intrusion, de sa présence dans ce café réservé aux notabilités de la ville et, plus il essayait de se faire mince pour se faufiler entre les tables, plus il se heurtait aux meubles.

Il ne savait même pas s'il pouvait parler devant tout le monde.

— Baas... répétait-il.

Et le Baas le regardait avec ses plus mauvais yeux.

— On a tiré des coups de revolver.

Est-ce qu'il devait ou est-ce qu'il ne devait pas ? Si seulement on l'avait encouragé d'un mot ou d'un regard ?

— Il y a un mort...

Une épaisse volute de fumée monta du cigare et les jambes bougèrent un peu.

— C'est Jef Claes... Il a d'abord tiré sur Mlle Van Hamme à travers la fenêtre...

On s'étonna, parce que Joris Terlinck ne bronchait

pas et surtout parce que, pendant un bon moment, il garda les yeux fermés.

— Cela s'est passé à l'instant... Mon collègue Van Staeten est resté... Je suis accouru...

Il aurait bien voulu, pour se remettre, boire un de ces verres, ou de genièvre ou de bière, plutôt de genièvre, qu'il y avait sur les tables.

— Elle est morte? demanda enfin Terlinck.

— Je ne crois pas... Elle n'était pas encore morte quand...

Le bourgmestre décrocha sa pelisse, coiffa son bonnet de fourrure.

— Viens!

Ce n'était pas loin, dans la première rue, la rue du Marché, trois maisons après Van Melle, où Terlinck avait acheté le perdreau. Mais la boutique était depuis longtemps fermée. Des gens stationnaient, tous à une certaine distance, dans des coins d'ombre.

La maison Van Hamme était une grosse maison aux trois fenêtres sur la rue par étage. Comme chez le bourgmestre, comme ailleurs, on ne fermait pas les volets, le soir, peut-être pour laisser voir la richesse de l'intérieur.

Kloop, le commissaire, était déjà là. Trois autres agents aussi.

Et il était facile de comprendre, surtout en voyant des éclats de verre sur le trottoir, ce qui était arrivé.

Dans la pièce de devant, chez les Van Hamme, un angle était occupé par le piano. Lina devait jouer. Son père, le gros Van Hamme, qui pesait cent trente kilos, était sans doute près d'elle, à lui tourner les pages de la partition.

Du dehors, Jef Claes avait tiré, visant Lina.

Puis il avait enfoncé dans sa bouche le canon encore chaud de l'arme et...

— J'ai téléphoné à l'hôpital, Baas... Ils m'ont promis une ambulance...

— Elle n'est pas morte ?

— Vous ne pouvez pas la voir, parce qu'elle est cachée par le sofa rouge... Elle est couchée sur le plancher... Elle saigne beaucoup... Son père...

Et soudain dans le ciel les notes ailées, d'une sérénité inhumaine, du carillon, en même temps que les neuf coups de l'horloge de l'Hôtel de Ville.

— Attention, Baas... J'ai mis une couverture, parce que ce n'est pas beau à voir...

Il s'agissait du corps encore étendu en travers du trottoir, des petits pavés : Jef Claes. Un agent déchargeait le revolver qu'il venait de ramasser près du ruisseau.

Des miettes d'eau tombaient, qui ne constituaient pas une vraie pluie et qui pourtant mouillaient plus que la pluie, et on vit monter au fond de la rue, entre les toits, une lune entourée d'une large auréole brune.

Quand il pénétra dans la maison, Terlinck se heurta presque à Léonard Van Hamme qui sanglotait, appuyé des deux bras au mur du corridor.

II

Cela perça lentement, aussi lentement que les gouttelettes impalpables à travers l'étamine sans cesse tendue au-dessus de la ville et des campagnes.

Et pourtant, dès le premier jour, dès la première heure, Mme Terlinck, qu'on appelait plus volontiers Thérésa, s'en était aperçue, peut-être avant Joris lui-même.

Comment elle avait appris la nouvelle? La place aux petits pavés mouillés était si sonore, surtout la nuit! Des gens avaient dû s'arrêter, des portes s'ouvrir. Sans doute avait-elle entrouvert la sienne, sans se montrer, tapie dans le corridor, écoutant par une mince fente.

Quand Terlinck était rentré, elle était couchée, mais tout de suite, le commutateur à peine tourné, il avait repéré son œil ouvert sur le blanc de l'oreiller.

Ils dormaient dans la même chambre, mais pas dans le même lit car Joris prétendait qu'il ne pouvait se reposer que sur le dur sommier d'un lit de fer. Il était assis au bord de celui-ci ; il retirait ses guêtres, ses chaussures et il voyait l'œil. Il aurait bien voulu échapper à ce regard-là, ou rendre son visage impassible, mais il savait qu'il ne l'était pas et que l'œil s'en apercevait.

Ce n'était rien, pourtant, qu'une sorte d'hésitation, de flottement ou plutôt encore un étonnement qui n'allait pas sans un peu de naïveté.

Jef Claes, par la fenêtre qui laissait voir le salon des Van Hamme (un salon magnifique qu'on avait fait venir récemment de Bruxelles), Jef Claes avait tiré, puis il s'était tué.

Et maintenant Terlinck aurait juré que, si sa femme avait osé lui poser une question, elle lui aurait posé celle qu'il s'était posée lui-même dès qu'il avait appris la nouvelle :

Est-ce que, après être sorti de chez Terlinck, Jef avait eu le temps de voir Lina, de lui parler, de lui rendre compte de son entretien avec le Baas ?

La réponse était non. Et même le gamin n'avait adressé la parole à personne, on le savait déjà. Il était entré en coup de vent dans le petit café qui fait le coin de la rue Saint-Jean. Deux ou trois clients écoutaient la radio. Il était allé droit au comptoir et avait bu coup sur coup trois verres de genièvre.

Terlinck soupira, exaspéré par cet œil et il eut l'impression de l'éteindre en tournant enfin le commutateur électrique.

Il se leva à six heures comme les autres jours et trouva l'œil en bas, Thérésa, qui avait déjà lu le journal, hochait douloureusement la tête en prenant les poussières, plus écrasée que jamais par toutes les misères du monde.

34

C'était jour de marché. Le soleil n'était pas levé mais on entendait les sabots des chevaux sur la place, des cris de coqs, parfois un long meuglement, et ce jour-là, le rythme de la ville n'était pas le même, son odeur non plus.

Longtemps, car après s'être lavé il avait l'onglée, Joris Terlinck tendit ses mains pâles au-dessus du fourneau de la cuisine dont il avait retiré le couvercle. Puis, sur une étagère qui se trouvait derrière la porte de la cave, il alla prendre trois œufs, sans se préoccuper de Maria qui dressait le couvert pour le petit déjeuner et qui mettait des tranches de lard dans la poêle.

Terlinck battait les œufs dans un bol à fleurs, toujours le même, salait, poivrait, mélangeait de petits morceaux de pain tendre et s'engageait enfin dans l'escalier.

A mi-chemin déjà il écoutait. Il savait, d'après les bruits, si Emilia était calme ou si la scène serait pénible. Il écoutait encore, debout derrière la porte, ouvrait le judas, entrait enfin, le bol à la main.

— Voilà les cocos... disait-il alors. Les bons cocos pour Mimilia... Est-ce que Mimilia est sage ?... Est-ce qu'elle va gentiment manger ses bons cocos... ?

Il ne souriait pas. Son visage aux traits durs restait le même que quand, à l'Hôtel de Ville, il signait le courrier que lui passait Kempenaar.

Certains matins, Emilia poussait des cris perçants, collée contre le mur qu'elle avait sali de toutes les manières, en proie à une terreur que rien ne pouvait calmer.

D'autres fois, il la trouvait prostrée, couchée sur le ventre, toujours nue, car elle ne pouvait supporter le contact d'un vêtement ou d'une couverture, les dents serrées sur la toile du matelas, les ongles enfoncés dans le tissu.

— Sage, Mimilia...

Ce matin-là, elle se regardait dans un morceau de miroir et elle ne prit pas garde à la présence de son père. Il put placer le bol près d'elle et même retirer avec des mouvements prudents, car il ne fallait pas l'effaroucher, le lambeau de toile cirée qu'on essayait toujours de glisser sous elle, car elle ne se levait jamais et elle était insensible au dégoût.

La pièce n'était éclairée que par une lucarne qu'on avait fait grillager. Pour renouveler l'air, il fallait profiter d'un moment de calme et Terlinck jugea que c'était un résultat suffisant, ce matin-là, d'avoir retiré la toile souillée.

— Mange, Mimilia...

Il s'en allait à reculons. Et c'était lui qui, au robinet qui se trouvait au fond du couloir, nettoyait sans écœurement la toile cirée.

Il mangea comme d'habitude ses œufs et son lard. Il pensa à Van Hamme et, par association d'idées, regarda Thérésa qui le regardait. C'était peu de chose et cependant cela le mit de mauvaise humeur.

Il traversa le marché. Les groupes discutaient de l'événement, mais sans fièvre, discrètement, surtout devant les enfants.

De huit à neuf heures, il se tenait à l'Hôtel de Ville, dans le vaste bureau resté pareil depuis des siècles, face à Van de Vliet à qui, chaque matin, son regard disait un étrange bonjour. Il allumait son premier cigare, ouvrait son étui au claquement familier.

Le jour se levait, feutré et mou, traversé de silhouettes noires aux mouvements lents.

Kempenaar vint annoncer que Mme Claes, la mère de Jef, attendait depuis une demi-heure.

— Qu'est-ce que je dois lui dire, Baas ? Je crois que c'est au sujet de l'enterrement...

Joris la reçut. Elle était noire et mouillée comme le monde ce jour-là, avec de l'humidité sur son visage, des larmes et du crachin, des narines déjà rouges qui reniflaient.

— Est-ce qu'on peut me faire des misères, Baas ? Je suis une honnête femme, chacun à Furnes le sait. Toute ma vie, j'ai travaillé à m'en user les bras pour élever ce gamin...

Il n'était pas ému du tout. Il la regardait sans curiosité, en tirant de petites bouffées de son cigare.

— Pourquoi vous ferait-on des misères ? Ce n'est pas vous qui avez tiré sur Lina Van Hamme, n'est-ce pas ?

— Je ne savais même pas que c'était après elle qu'il courait ! Sinon, je lui aurais fait comprendre que ce n'était pas une jeune fille pour lui...

Des femmes de la campagne, sur la place, avaient ouvert leur parapluie, bien qu'il n'y eût pas de pluie à proprement parler. Des canards, juste sous les fenêtres de Terlinck, faisaient un tintamarre assourdissant.

— En somme, qu'est-ce que vous êtes venue chercher ?

— Je n'ai pas d'argent, Baas... Je croyais qu'il en avait un peu sur lui... Je n'ai rien trouvé dans ses poches... Alors, pour l'enterrement...

— Vous avez un certificat d'indigence ?

Elle n'en avait pas. Elle faisait des ménages, depuis toujours, et jusqu'alors son fils lui avait remis ce qu'il gagnait chez Terlinck.

— Je suis sûre que les gens ne vont plus vouloir me faire travailler...

Cela lui était égal. Il sonna Kempenaar.

— Vous établirez un certificat d'indigence au nom de la veuve Claes...

Puis, comme le secrétaire communal allait sortir, il le rappela.

— Est-ce qu'il nous reste des cercueils ?

Il s'agissait de longues boîtes en bois blanc, mal rabotées, qu'on tenait en réserve, pour les cas urgents, dans le garage de la pompe à incendie.

— Il en reste trois, Baas.

— Vous en donnerez un à Mme Claes.

Voilà ! C'était réglé ! Elle pouvait partir, reniflant toujours, s'effaçant pour franchir plus humblement la porte.

Le commissaire Kloop vint présenter son rapport et Terlinck y apposa sa large signature, quitta l'Hôtel de Ville pour se rendre à la manufacture de cigares qui se dressait dans le quartier neuf.

— Il faudra remplacer le petit Claes ! annonça-t-il au comptable en prenant place à son bureau.

Ici, à l'encontre de l'Hôtel de Ville et de sa maison, tout était clair et moderne, sentait le vernis et le linoléum.

— J'ai déjà trouvé quelqu'un, Baas.

Et lui, par esprit de contradiction ou par principe :

— Je n'en veux pas ! Vous mettrez une annonce dans le journal et je verrai moi-même les candidats.

Il détestait M. Guillaume, son comptable, qui faisait en somme fonction de directeur. Il le détestait peut-être d'autant plus qu'il n'avait rien à lui reprocher. C'était un petit homme replet, minutieux, d'une politesse exquise, d'une propreté méticuleuse, la peau fraîche, une épingle de cravate ornée d'un grenat dans sa cravate mauve.

— Je ferai insérer l'annonce, Baas. Les affiches pour les cigarillos sont arrivées. Le bleu est un peu plus pâle que celui de la maquette, mais l'imprimeur prétend qu'il était impossible d'obtenir la même teinte...

En rentrant chez lui, à midi, il passa non loin du vieil hôpital qui ne tarderait pas à déménager pour le nouvel hospice construit par Terlinck, mais non encore achevé.

C'était une vieille construction sombre, précédée d'une cour carrée où passaient comme des mouettes les cornettes des sœurs affairées.

Il n'avait pas décidé qu'il entrerait et pourtant il entra, de mauvais gré, en se donnant l'air du bourgmestre inspectant un service public. Il s'arrêta au milieu de la cour et examina les murs, pénétra, au rez-de-chaussée, dans les vastes cuisines qui sentaient le fade.

Ainsi, indifférent en apparence, il atteignit le premier étage, le long couloir au plancher ciré où s'ouvraient les salles.

— Bonjour, monsieur le Bourgmestre... Vous êtes venu voir notre blessée ?

C'était sœur Adonie, la plus ancienne du couvent, qui n'avait plus d'âge et qui restait aussi rose qu'un bonbon. Il était curieux de voir son visage resté enfantin se brouiller de mystère tandis qu'elle attirait son interlocuteur par la manche jusqu'à une petite salle vide.

— Est-ce qu'on vous a mis au courant, monsieur le Bourgmestre ? M. Van Hamme est venu ce matin et, lorsqu'il a appris la nouvelle, il a refusé d'entrer dans la chambre de sa fille...

Sœur Adonie chuchotait comme seules savent chuchoter les religieuses, tandis que les grains du rosaire cliquetaient dans les plis profonds de sa jupe.

— Cette demoiselle, comme le Dr Dering l'a constaté dès son premier examen, est dans une position intéressante... Il paraît que c'est de quatre mois et qu'elle se serrait à s'étouffer... Vous voulez la voir ?

Il hésita, décida que non.

— La balle n'a fait que frôler le poumon. On l'a extraite ce matin et l'opération a fort bien réussi. Maintenant, elle dort...

Il aurait pu la voir, puisqu'elle dormait. Il était tenté. Mais non !

— Je vous remercie, ma sœur... Je ferai prendre des nouvelles...

Des gens devaient déjà le savoir, en ville, mais ce sont là des choses dont on ne parle pas volontiers. Et Léonard Van Hamme, lui qui était si glorieux !

Tout seul dans sa grande maison, car son fils était officier aviateur à Bruxelles et le père racontait à qui voulait l'entendre qu'il avait plusieurs fois conduit le roi dans son appareil !

Est-ce que quelqu'un, en voyant passer Terlinck avec sa pelisse, son bonnet de loutre et son cigare, aurait pu dire qu'il n'était pas exactement le même homme que la veille ?

Il voyait tout. Un tombereau de briques, rue de Bruges, stationnait du mauvais côté de la rue et il alla en faire la remarque à l'agent.

— Le charretier m'a dit qu'il n'en avait que pour quelques minutes...

Et lui :

— Il n'y a pas de minutes ! Il y a un règlement !

Cela s'était passé si vite, la visite de Jef Claes qui avait l'air d'un fou, ces coups de feu à travers la fenêtre, qu'il n'avait pas encore eu le temps d'envisager toutes les conséquences.

Est-ce que Léonard Van Hamme démissionnerait de la présidence du Cercle catholique ? Est-ce qu'il reparaîtrait, au Conseil communal, à la tête des conservateurs ?

Peut-être même son fils, après ce scandale, devrait-il quitter l'armée ?

Terlinck remarqua que des feuilles de choux traînaient encore, malgré l'heure, sur la grand-place, et il le nota dans un coin de sa tête. Ce n'était pas perdu.

Comme il fallait attendre le déjeuner cinq minutes, il se dirigea machinalement vers son bureau, s'arrêta devant la porte, s'avisa soudain qu'il s'arrêtait ainsi sans l'avoir voulu et en fut mécontent.

Pourquoi n'était-il pas entré tout naturellement, comme les autres jours ? Et pourquoi avait-il eu, l'espace d'une seconde, de beaucoup moins qu'une seconde, la sensation qu'il y avait quelqu'un derrière lui, à gauche, dans le corridor, à la place où Jef Claes l'attendait la veille dans l'obscurité ?

Il ouvrit et referma violemment la porte, se pencha pour approcher une allumette du foyer à gaz qui fit entendre son éclatement habituel. Il profita de ce qu'il n'avait rien à faire pour garnir son étui de cigares et ainsi, debout devant la cheminée, il tournait le dos à la pièce. La veille, le jeune homme était debout juste au milieu...

Il ne regrettait pas son refus. Il n'avait aucune raison pour donner mille francs, ou même cent, à un employé parce que cet employé avait fait un enfant à une jeune fille.

Il n'aimait ni Jef Claes, ni personne. Il ne lui devait rien. Il ne devait rien qu'à lui-même, car nul ne l'avait jamais aidé, ne lui avait fait le moindre cadeau, fût-ce celui d'une petite joie.

Et si on voulait rechercher son devoir de chrétien, ce n'était certainement pas d'aider le couple à commettre un péché mortel qui constituait même un crime.

Maria vint ouvrir la porte sans rien dire, ce qui signifiait que le repas était servi. La soupe était déjà sur la table, car on en mangeait deux fois par jour. Après, il y avait des côtelettes et des choux de Bruxelles.

Thérésa mangeait comme elle faisait toutes choses, avec des gestes timides, furtifs, qui auraient pu faire croire qu'elle s'attendait à recevoir des coups.

Or, il ne l'avait jamais battue ; il n'avait jamais élevé la voix ainsi que le font la plupart des maris.

Jeune fille, autant qu'il s'en souvenait, elle était aussi gaie que les autres, assez jolie, toute ronde avec des fossettes, ce qu'on n'aurait pu deviner en la voyant à présent.

C'était la fille de Justus de Baenst, l'architecte qui descendait d'une des plus vieilles familles du pays, une de celles qui, au temps de Van de Vliet, étaient assez riches pour payer les digues et créer des polders.

Seulement, Justus de Baenst, tout orgueilleux qu'il fût resté, n'avait pas d'argent et c'était un original qui ne voulait jamais bâtir les maisons qu'on lui demandait parce qu'elles ne correspondaient pas à son goût.

A l'époque des fiançailles de Terlinck, il buvait déjà et après, seul dans sa maison de la rue Sainte-Walburge, il s'était mis à boire tellement que plusieurs fois par semaine on devait le transporter chez lui.

C'était l'époque où Joris Terlinck était pauvre et où, avec sa femme, ils habitaient deux petites chambres.

Est-ce que Thérésa était encore gaie? C'était extraordinaire, mais il ne s'en souvenait pas. Il est vrai qu'il partait le matin et rentrait le soir. Et quand il rentrait, il apportait encore du travail pour une partie de la nuit.

Il était comptable. Il ne travaillait pas pour un patron mais deux heures ici, trois heures là, tenant à jour les livres des petits commerçants incapables de le faire eux-mêmes.

C'est peut-être pour cela qu'il connaissait si bien Furnes?

Il tenait entre autres les livres, deux heures chaque jour, chez Mme de Groote, Bertha, qui était veuve et qui avait quarante-cinq ans. Elle avait le meilleur magasin de tabacs-cigares de la ville. Il lui avait conseillé de monter une petite manufacture.

Il avait vraiment de la peine à se souvenir de Thérésa à cette époque. Elle attendait un bébé. Elle souffrait beaucoup. Comme sa mère était morte, c'était une vieille voisine que Terlinck détestait qui venait l'aider dans son ménage.

S'il avait vraiment voulu se souvenir, il aurait pu consulter les photographies dans l'album. Il est vrai qu'on ne se faisait pas souvent photographier, car cela coûtait cher.

A y repenser maintenant, cela paraissait à la fois très long et très court. Thérésa avait fait une fausse couche et pendant tout un temps elle avait été mal portante.

Peut-être un an après, alors que la vieille voisine qu'il haïssait sans raison venait de sortir, Thérésa avait questionné :

— C'est vrai, tout ce qu'elle a dit ?

— Qu'est-ce qu'elle a dit ?

— Que Mme de Groote et toi... que vous...

Elle n'osait pas prononcer le mot.

Elle n'avait plus de fossettes. Elle n'était plus boulotte et son visage s'était allongé, ses yeux s'étaient cernés. Toute pâle, elle pleurait, pleurait comme si ça ne devait plus s'arrêter.

— D'abord, tu sais bien que le docteur nous interdit d'avoir des rapports avant un certain temps. Avec Mme de Groote, je suis sûr de ne pas attraper de maladies. Enfin, tu verras un jour que cela sert à quelque chose...

Quel âge avait-il donc ? Vingt-cinq ans ? Vingt-six ? Il était déjà calme et il pensait crûment, parlait de même, avec son dur bon sens.

Il savait qu'il avait raison, que c'était son intérêt et celui de sa femme de contenter Mme de Groote qui avait des appétits un peu ridicules et des mines gourmandes de toute jeune femme.

C'était lui qui avait rédigé le testament et il n'y aurait rien pour le neveu et la nièce qui habitaient Bruxelles et qui venaient deux fois l'an, avec leurs enfants, câliner leur tante.

Le plus curieux, c'est que Mme de Groote était morte d'une pneumonie — elle qui avait toujours trop chaud! — alors que Thérésa était à nouveau enceinte.

On avait ouvert le testament. Le neveu et la nièce avaient menacé d'un procès, mais leur avocat les en avait dissuadés.

Thérésa, au lieu de se réjouir, avait soupiré :

— Vous verrez que cela nous portera malheur!

Car ils s'étaient mis à se dire vous.

Depuis, il était impossible de lui enlever de la tête que, si elle avait donné le jour à une enfant anormale, c'était une punition du ciel!

Pouvait-il passer sa vie, puisqu'elle ne voulait rien comprendre, à lui expliquer que cela n'avait aucun rapport?

Il avait fallu s'habituer à la voir pleurer pour rien ou promener dans la maison des yeux éternellement pleins d'effroi.

Elle ne parlait pas beaucoup et quand elle parlait, c'était la conclusion d'un long débat intérieur. En poussant doucement vers Terlinck le saladier à fleurs bleues, elle dit seulement :

— Le petit va naître sans père...

Il ne la regarda pas. Il se servait de doucette, en couvrait son assiette, selon son habitude. Et parce qu'il savait tout ce qu'elle avait pensé avant d'en arriver à ce bout de phrase, il répliqua :

— Il y en a eu d'autres pendant la guerre!

Il se retourna, sentant la servante derrière lui.

46

— Qu'est-ce que vous attendez, Maria ?

— Rien, Baas.

Il y avait des moments comme ça, ou un rien l'irritait, surtout ces deux femmes, l'une qui pleurait ou qui regardait tristement la nappe, l'autre qui était derrière lui, prête à le servir, certes, mais toujours occupée aussi à se demander ce qu'il pensait.

Il le savait ! On ne le trompait pas ! Du matin au soir, il était épié et il devinait les regards qu'elles échangeaient, dès qu'il avait le dos tourné, les questions qu'elles se posaient sur son compte lorsqu'il avait enfin quitté la maison.

Car elles ne respiraient à l'aise que quand il n'était pas là. Même dans son bureau, porte close, il les gênait au point qu'elles se croyaient obligées de chuchoter comme à l'église.

Qu'avait-il donc d'extraordinaire ? Fils d'une femme encore plus pauvre que la mère de Jef Claes, d'une marchande de crevettes de Coxyde, il était devenu un des hommes les plus riches de Furnes, plus riche même que Léonard Van Hamme dont le grand-père était déjà brasseur.

Sa manufacture de cigares était prospère. Il avait ses propres plantations de tabac sur les bords de la Lys, des fermes dans les meilleurs polders.

Il était le bourgmestre, le Baas.

Et personne n'aurait osé insinuer, fût-ce à mi-voix, qu'il avait reçu son premier argent de Bertha de Groote.

Si sa fille était folle, si, à vingt-huit ans, elle vivait sur son lit où elle faisait ses besoins comme un bébé, ce n'était pas sa faute et il avait payé les meilleurs médecins, il en avait fait venir de Bruxelles ; et n'était-ce pas lui encore qui, trois fois par jour, lui montait sa nourriture ?

Était-ce pour lui qu'il achetait chaque soir, chez Van Melle, tantôt un poulet, tantôt un perdreau, des grives, un foie gras ?

Quant à Maria, oui, Maria, elle avait été sa maîtresse pendant des années et il n'avait jamais essayé de mentir à sa femme.

— Puisqu'il faut quand même que ça arrive, il vaut mieux que ce soit dans la maison !

Maria avait eu un enfant. Il ne l'avait pas fait exprès. Il n'avait rien fait non plus pour l'empêcher de vivre, mais il ne l'avait pas reconnu. Il l'avait mis en pension à la campagne, ce qui était naturel. Puis, sans jamais paraître, sans que le gamin pût deviner qu'il était son père, il l'avait placé en apprentissage à Nieuport.

Qu'est-ce qu'elles avaient, à présent qu'elles étaient vieilles, à se regarder et à chuchoter derrière son dos ?

Il ne leur disait rien. Mais cela l'excitait et il aurait été capable, rien que pour les écraser, de leur mettre un million, deux millions, là, sur la table, ou de décrocher une décoration difficile, de devenir séna-teur, n'importe quoi, pour pouvoir leur lancer :

— Et maintenant ?

Elles savaient, toutes les deux, que Jef était venu la veille. Elles se doutaient de ce qu'il avait demandé. Peut-être Maria avait-elle écouté à la porte ?

Et elles en profitaient pour soupirer, pour l'examiner avec une craintive réprobation et sans doute pour prier pour lui !

Il leur parlait rarement de ses allées et venues. Pourtant, en se levant de table, il éprouva le besoin de déclarer :

— Je vais à Coxyde !

Ce qui signifiait dans la maison :

— Je vais voir ma mère.

Pas pour les défier, pas pour défier sa pauvre vieille mère, mais pour se défier lui, pour s'affirmer qu'il avait raison contre elles trois et qu'il n'avait pas peur de leurs jérémiades.

Il alla chercher l'auto dans un garage qu'il avait aménagé derrière la maison et qui ouvrait sur une ruelle. C'était une vieille voiture bourgeoise, haute et confortable, qui portait encore des ornements en cuivre astiqué.

Il aurait pu s'en payer une neuve, plus rapide, comme Van Hamme et comme tant d'autres. Il aurait pu se payer la plus belle automobile de Furnes et même des Flandres.

Mais l'ancienne, il l'avait achetée alors que les autres ne savaient pas encore conduire. Elle avait plus de noblesse, avec ses lanternes de fiacre, que leurs autos de série. Et peu lui importait de devoir tourner la manivelle pendant un quart d'heure.

C'était tout près, à peine quinze kilomètres. Au

bout du village, là où on découvrait déjà les dunes et l'eau verte de la mer, des petites maisons s'alignaient, sans étage, chacune précédée d'une barrière. Les barrières étaient peintes en bleu, en blanc, en vert. Celle de sa mère était vert pâle.

Il savait que les voisins le regardaient à travers tous les rideaux. Il savait qu'on disait :

— C'est le bourgmestre de Furnes.

Et ils savaient, eux, que son père, le vieux Joris, jusqu'à la veille de sa mort, avait pêché la crevette devant la plage, avec son cheval qui traînait le filet à marée basse.

Est-ce que quelqu'un, dans le quartier des petites maisons basses, ignorait qu'il avait offert à sa mère d'habiter Furnes, ou n'importe quel endroit qui lui plairait, et de lui verser une pension ?

Elle était têtue ! Il avait toujours eu affaire à des femmes têtues ! Elle n'était pas chez elle, il le voyait du premier coup d'œil à ce que les rideaux étaient fermés et la barrière mise au verrou.

Debout devant sa voiture, il attendait qu'on s'occupât de lui et en effet une porte s'ouvrait, une fille pâle aux yeux d'albinos qui avait un bébé sur le bras annonçait :

— Mᵐᵉ Joris est chez Crams... Je vais l'appeler...

Elle marchait vite, un peu penchée à cause du bébé, le long de l'allée de briques qui coupait en deux la boue du trottoir. Elle frappait à une porte brune. Le ciel était bas, plus bas qu'à Furnes. L'air frais venait par grandes bouffées de la mer. Devant les maisons séchaient des filets à crevettes.

Et une femme toute cassée arriva, les sabots carillonnant, un bonnet blanc sur la tête.

— C'est toi ! dit-elle en tirant une clef d'une poche cachée sous son jupon.

Puis, sans joie :

— Qu'est-ce que tu veux encore ?

Elle ouvrait la barrière, la porte. Son visage était ridé, ses yeux noyés d'eau. A l'intérieur il faisait chaud, trop chaud, comme dans une boîte, et il flottait une odeur que Terlinck n'avait respirée nulle part ailleurs.

— Entre !

Machinalement, elle mettait la cafetière en plein feu et allait prendre des tasses dans le buffet.

— J'étais chez les Crams dont le fils est bien malade.

— Qu'est-ce qu'il a ?

— Le docteur ne sait pas.

Et lui, poussé toujours par le même besoin :

— Parce qu'il ne veut pas le dire !

Elle lui lança un méchant regard.

— Il ne peut tout de même pas dire ce qu'il ne sait pas...

— Écoute, maman... Lequel des fils est-ce ? Le grand maigre qui s'est promené tout l'été avec une canne ?

— Fernand, oui !

— Il est tuberculeux au dernier degré... Il sera mort avant Nœl...

— On croirait presque que ça te fait plaisir !

— Cela ne me fait pas plaisir, mais je constate !

On ferait mieux de le mettre à l'hôpital, car il risque de contaminer ses frères et ses sœurs...

— L'hôpital ! L'hôpital ! Et si on t'y avait mis, toi, à l'hôpital ? Tu mettrais ta mère à l'hôpital, n'est-ce pas ? Ou ta femme...

— Mais, maman...

— Bois ton café tant qu'il est chaud... Tu es comme tous les riches... Du moment que les pauvres sont malades, on s'en débarrasse...

Elle détestait les riches. Peut-être détestait-elle son fils depuis qu'il avait de l'argent. Elle s'empressait de lui servir le café, mais c'était comme à un visiteur. Elle lui donnait le meilleur fauteuil, le sien, un fauteuil en osier avec un coussin rouge suspendu au dossier. Elle restait debout. Elle allait et venait.

Et ils étaient face à face comme deux étrangers.

— Comment va Thérésa ?

— Elle va bien.

— Et Emilia ? En voilà une que tu ferais mieux d'envoyer à l'hôpital ! Mais non ! L'hôpital, c'est bon pour les pauvres gens...

Il y avait en elle comme un vieux fond de rancunes inassouvies qui remontaient à la surface dès qu'elle était en présence de son fils. La seule vue de l'auto que des enfants entouraient l'excitait.

— Pourquoi es-tu venu me voir ? Ce n'est pourtant pas le jour !

Car il avait un jour, un mercredi de chaque quinzaine, parce que ce jour-là il avait un conseil d'administration à La Panne, à moins de quatre kilomètres.

52

— J'avais envie de te voir, dit-il.

— Je suppose que tu n'as pas faim? Tu emporteras bien un peu de crevettes pour ta femme? Je me doute bien que tu les jettes dans le premier fossé, mais...

Elle était sèche, voûtée. Elle avait l'air, dans ses vêtements de vieille femme, d'un mannequin qui se serait affaissé. Elle chargeait le poêle, tisonnait, essuyait le couvercle qui n'était pas assez propre à son gré. Un haut lit couvert d'un édredon pourpre occupait le fond de la pièce et c'est là que Joris Terlinck était né. Le bouquet de fleurs d'oranger en cire, sous le globe de la cheminée, était celui du mariage de sa mère, et il subsistait, sous l'agrandissement photographique de son père, des fleurs fanées qui tomberaient en poussière au plus léger contact.

— Tu es toujours content?

— Toujours, maman.

— Toujours avec les riches?

— Je ne suis pas avec les riches!

— Pour moi, tu es un homme riche et je ne les aime pas! Je n'ai pas besoin d'eux et ils n'ont pas besoin de moi. Quand, avec ton père, nous avons acheté cette maison... A l'époque, elle ne coûtait même pas mille francs... Qu'est-ce que je disais?... Il y avait déjà plus de dix ans que nous étions mariés et que ton père faisait la crevette... J'allais la vendre de porte en porte, avec mes deux paniers... Ah! oui... Quand nous avons acheté la maison, nous étions heureux parce que nous étions sûrs de ne pas finir nos jours à l'hospice... Tu allais encore à l'école et on ne se doutait pas que tu serais un riche homme, le bourgmestre de Furnes...

Elle ne lui pardonnait pas d'être un riche homme, comme elle disait. En même temps, voyant sa tasse vide, elle lui versait du café, le sucrait.

— C'est vraiment par hasard que tu es venu ? Tu n'avais rien à me dire ?

Il retrouvait cette méfiance des femmes qu'il connaissait si bien chez Thérésa et chez Maria, une méfiance hostile, presque perfide et pourtant, souvent, divinatrice.

— J'avais envie de te voir...

— Tiens ! Tiens !

Elle riait, voulait être bonne hôtesse.

— Tu ne veux pas que j'aille te chercher un gâteau ? Il est vrai qu'ils ne sont pas aussi fins que les gâteaux de Furnes...

Le ciel, dehors, semblait aussi bas que les fenêtres et les cuivres de l'auto avaient de doux reflets, les gamins, alentour, attendaient bien sagement.

La vieille disait en trottinant :

— On ne m'ôtera pas de la tête que, si tu es venu aujourd'hui, c'est que quelque chose te tracasse !

III

Juste au moment où le brouillard se transformait en une fine poudre de neige il poussa, à la même heure que chaque soir, la porte du « Vieux Beffroi ». Normalement, il aurait dû y avoir six personnes au moins autour de la grande table, quatre jouant aux cartes et les autres regardant ; puis les joueurs d'échecs dans leur coin, Kees, le patron, debout le dos au feu, peut-être un ou deux clients derrière un journal.

Or, à la table des joueurs de cartes, ils n'étaient que deux qui manœuvraient sans entrain les pions et les dés d'un jacquet. A la place des joueurs d'échecs, le petit vieux à visage rose, à cheveux blancs de neige, un ancien sabotier qu'on surnommait M. Klompen, regardait mélancoliquement la porte où son partenaire se refusait à paraître.

Joris Terlinck ne fit aucune remarque, évita de regarder avec trop d'attention les places vides. Comme les autres soirs, il retira sa pelisse, son bonnet, fit tomber les grains de givre de ses moustaches, choisit un cigare et l'alluma tandis que Kees posait un demi de bière brune devant lui, sur un disque de feutre.

C'était ainsi que les choses devaient se passer et pas autrement. Il laissa grandir la cendre d'un bon centimètre en observant avec des petits yeux le tapissier-garnisseur. Celui-ci savait fort bien que Terlinck finirait par poser une question. Kees le savait aussi. N'empêche que chacun se contentait d'entrouvrir mollement les lèvres pour laisser échapper des volutes de fumée.

Enfin Joris bougea.

— Tu joues au jacquet, à présent? dit-il au tapissier.

— Puisqu'il n'y a personne pour faire la partie!

Le vieux Klompen, à sa place, soupira. Il y avait déjà une demi-heure qu'il avait préparé l'échiquier!

Terlinck, lui, fronçait les sourcils, bien forcé, puisqu'on ne l'aidait pas, à poser sa question.

— Où sont-ils?

— Au Cercle catholique, n'est-ce pas? répondit Kees.

Il n'y avait jamais séance en semaine, sauf en période électorale, mais, si un événement imprévu se produisait, où serait-on allé, sinon au Cercle catholique, pour apprendre les nouvelles?

Terlinck eut la patience de fumer son cigare jusqu'à moitié avant de se lever en soupirant. Et Kees rattrapa à temps la phrase qu'il avait sur le bout de la langue :

— Vous allez une fois voir jusqu'au Cercle aussi?

Les petits grains blancs formaient déjà une couche presque unie sur les pavés quand Terlinck, les mains dans les poches, atteignit la porte cochère dont un seul battant était entrouvert. Tout de suite, dans l'ombre, derrière l'autre battant, il distingua le point rouge d'un cigare, surprit une voix qui baissait brusquement puis s'éteignait.

Il sentait qu'il y avait deux hommes, là, dans le courant d'air glacial du porche, et il prenait le temps de secouer ses chaussures sur le grattoir, de faire tomber la poudre de neige de ses épaules.

Les deux se taisaient mais leurs yeux le regardaient et Terlinck aurait juré qu'il reconnaissait les yeux de Van Hamme.

— Bonsoir, messieurs ! lança-t-il en passant.

Et il lui fut répondu par un grognement confus. Il y avait, à droite, un seuil de plusieurs marches, une porte ouverte sur un hall mal éclairé. L'odeur qui régnait dans l'immeuble rappelait l'odeur des écoles, avec en plus des relents de bière tiède, d'urinoir et de feu de bengale.

Terlinck était un peu chez lui puisque, comme tout le monde à Furnes (à part quelques exceptions qui ne comptaient pas), il faisait partie du Cercle catholique.

Néanmoins, il en faisait partie à sa manière. Plus exactement, il faisait partie du Grand Cercle, comme on disait, mais pas du Petit.

Et ces nuances avaient leur importance, encore qu'elles ne fussent pas consacrées par les statuts.

Le Grand Cercle, c'était en bas, cette salle dont il atteignait le seuil, une salle de patronage tenant du théâtre, de la halle aux grains et de la salle d'attente de gare, avec de vieux drapeaux, des écussons et des restes de guirlandes en papier pendant encore aux murs pisseux, des chaises en rang, une estrade, un décor et des bouteilles vides sur un comptoir.

A côté, il y avait une autre salle meublée de billards et plus loin une cour au sol de terre noire, aux quatre arbres noirs où les amateurs jouaient aux quilles.

Le dimanche, tout le monde venait au Grand Cercle, les hommes seuls quand il n'y avait pas de représentation, les femmes et les enfants avec des bonbons et des tartines quand on donnait un spectacle.

Jamais on n'y venait en semaine, à l'improviste, sans raison! L'immeuble aurait dû être plongé dans l'obscurité. Et c'était encore plus équivoque de le voir avec seulement une petite partie des lampes allumées.

— Bonsoir, Baas!

Le comptable de Terlinck, M. Guillaume, paraissait gêné d'être surpris par celui-ci en conversation avec un boulanger de la rue Saint-Jean.

Joris Terlinck fumait toujours, examinait lentement autour de lui la salle presque vide, avec seulement deux personnes ici, trois ou quatre plus loin, deux encore près de la scène, des gens qui devaient converser à voix haute l'instant d'avant et qui étaient soudain mal à l'aise.

Comme au « Vieux Beffroi », il laissa s'écouler le temps convenable, fit demi-tour, s'arrêta au bas de l'escalier à rampe de fer au-dessus duquel il apercevait de la lumière.

Là-haut, c'était ce qu'on appelait le Petit Cercle. Il aurait été plus exact de dire l'état-major, car, pour être admis dans les deux salons qui ressemblaient à des salles de conseil d'administration, il fallait appartenir au clan des quelques familles qui dirigeaient la ville et être mêlé depuis sa jeunesse au parti conservateur flamand.

En bas, on rencontrait un Guillaume en compagnie du boulanger. On pouvait, du moment qu'on allait à la messe, ne pas faire de politique active et même voter pour le démocrate Terlinck.

En haut, c'était le clan ennemi du bourgmestre et minutieusement Joris allumait un nouveau cigare en montant les marches une à une, avec des arrêts. Il entendit des voix derrière la porte et reconnut celle de Coomans, le notaire. Il poussa le battant.

— Bonsoir, messieurs !

C'était d'une incomparable audace. Peut-être, de mémoire d'homme, n'était-il jamais advenu que quelqu'un poussât ainsi cette porte aux boiseries sales et dît froidement bonjour à la ronde. De surprise, personne ne bronchait et Terlinck montrait un visage plus calme que jamais.

Il commença par la main de Coomans, le notaire à

barbe blanche, qui était président d'honneur du Cercle.

— Bonsoir, Coomans !

— Bonsoir, Joris.

Puis de Kerkhove, le sénateur aux yeux bordés de rouge. Puis Meulebeck, le maigre avocat à lunettes qui l'interpellait à chaque séance du conseil municipal.

— Bonsoir, Meulebeck.

— Bonsoir, Terlinck.

Il y en avait quatre autres, mais il se contenta pour eux d'un signe de la main et s'assit dans un des vieux fauteuils dont le velours rouge était encadré de bois noir et or.

Quelques verres de bière et des bouteilles, sur le tapis vert de la table. Une nappe de fumée au-dessus des têtes. Des gens qui toussotaient, remuaient les jambes, contemplaient leur cigare puis lançaient à Terlinck des coups d'œil prudents.

— Alors, Terlinck ? prononça enfin Coomans qui était si petit que ses pieds, quand il était assis, touchaient difficilement terre.

— Alors, Coomans ? répéta-t-il du même ton.

Le notaire se décida à attaquer.

— Qu'est-ce que vous dites de ça, vous ?

Terlinck prit le temps de retirer son cigare de sa bouche, de hocher la tête, puis il égrena syllabe par syllabe :

— Je dis que quand on met de la marchandise à l'étalage, il faut s'assurer que le prix marqué est le bon. Parce que, n'est-ce pas, les clients ont le droit d'exiger qu'on leur vende l'objet à ce prix-là !

Tout le monde réfléchissait. Tout le monde semblait satisfait de cette phrase sentencieuse et les regards un peu flous laissaient supposer que chacun s'efforçait d'en pénétrer toutes les subtilités. Quant à Joris, il se taisait comme quelqu'un qui a dit tout ce qu'il avait à dire.

Peut-être certains apprenaient-ils la phrase par cœur, pour la méditer plus tard à loisir ?

— ... *quand on met de la marchandise à l'étalage...*

Quand on vit Porter, le quincaillier, ouvrir la bouche, il y eut de la désolation sur les visages. On était sûr qu'il allait dire une bêtise et cela ne rata pas.

— Je ne comprends pas très bien. Premièrement, Léonard Van Hamme ne tient pas boutique et n'a pas d'étalage...

— Il tient boutique d'idées politiques et de principes ! répliqua durement Terlinck sans se donner la peine de regarder son interlocuteur.

Ça, on ne pouvait plus l'approuver. C'était la faute à Porter qui hésitait à continuer et qu'un démon poussait à aller jusqu'au bout de la gaffe.

— Je suis peut-être moins subtil que les autres, mais je ne vois pas de quels objets il s'agit et ce que...

Il comprit que le notaire Coomans lui ordonnait de s'asseoir et il rougit, comme à chacune de ses bévues.

— Je suis peut-être moins subtil... balbutia-t-il encore.

Tous se taisaient, car il était plus dangereux que jamais de parler à la légère.

— Léonard sort d'ici, se décida à avouer le notaire.

— Il n'est même pas tout à fait sorti ! appuya Terlinck.

Et, comme on le regardait sans comprendre :

— Il attend dans un coin du porche.

Il était froid et dur, fixait volontiers le bout de son cigare ou de ses chaussures. S'ils étaient tous plus ou moins ses adversaires, si, pendant vingt ans qu'il avait dirigé — ou plutôt fait à peu près seul — la politique d'opposition, il les avait harcelés, son ennemi personnel, c'était, depuis toujours, Léonard Van Hamme, et c'était lui, Joris Terlinck, qui avait fini par lui faire abandonner le fauteuil de bourgmestre pour y prendre sa place.

Maintenant il pouvait annoncer crûment :

— Il attend dans un coin du porche !

Du porche froid et humide ! Derrière la porte ! En chuchotant avec un ultime fidèle que Terlinck n'avait pas reconnu !

Il était venu dans cette pièce. Il y avait comparu. Sans doute l'atmosphère était-elle déjà la même que maintenant, les cigares, les verres de bière, et les mots rares, prudents, accompagnés de regards qui ne voulaient pas laisser surprendre les pensées.

— Écoutez, Joris...

Coomans se faisait presque conciliant.

— Je crois avoir compris ce que vous avez voulu

dire tout à l'heure avec l'étalage et les prix marqués...

On ne demandait pas de précisions à Terlinck, mais il en donna :

— J'ai voulu dire que, quand on a basé sa situation sur l'étalage de ses principes, il est indispensable que...

— Nous avons compris !

Coomans peut-être ! Et encore ! Mais les autres étaient heureux de cette précision !

— Van Hamme, continuait Terlinck, a fait poursuivre, quand il était bourgmestre, un agent de police qui avait détourné des cahiers et des plumes pour ses enfants. Cet homme, maintenant, est gardien de nuit dans un garage de La Panne.

— Écoutez, Joris...

— Quand Joséphine Aerts a été enceinte, il...

— Terlinck, je vous demande la permission de poursuivre... Vous êtes toujours le même... Vous parlez... Vous parlez... Léonard Van Hamme est venu... Il nous a honnêtement offert sa démission...

Et tous guettaient Terlinck, parce qu'en réalité c'était lui seul qui comptait. S'ils pouvaient, au nom du Grand et du Petit Cercle, pardonner ou condamner, c'était Terlinck, en définitive, qui déciderait.

Et, s'il était venu, s'il s'était assis là, au milieu d'eux, c'est qu'il avait son idée.

Ils avaient peur, maintenant, de se montrer trop indulgents, d'être accusés, demain ou un jour prochain, dans quelque séance du conseil communal, d'avoir défendu Léonard Van Hamme.

— Cette démission, nous ne l'avons pas acceptée...

On regardait toujours Terlinck qui ne bronchait pas.

— Nous ne l'avons pas acceptée parce que notre ami Léonard nous a fait part de sa décision. Vous êtes chrétien, Terlinck. Le Seigneur a dit : « Si ton œil est un sujet de scandale, arrache-le et jette-le loin de toi... » Léonard, cet après-midi, s'est rendu à Bruxelles en auto pour voir son fils.

Aux murs, d'anciennes boiseries. Au-dessus des têtes, un lustre tarabiscoté qui donnait une maigre lumière. Émergeant des fauteuils, des hommes en noir, des cigares se consumant, des jambes croisées ou étendues. La barbe blanche du notaire Coomans. Sa petite main sèche qui commençait à gesticuler.

— Léonard Van Hamme ne veut plus rien avoir de commun, désormais, avec sa fille...

Pas un muscle du visage de Terlinck ne bougea. Il tourna lentement la tête pour les contempler l'un après l'autre. Peut-être, quand son regard se fixa à nouveau sur le bout rose de son cigare, évoquait-il Van Hamme dans le courant d'air du porche.

— Qu'est-ce qu'il va faire ? questionna-t-il sèchement.

— Dès qu'elle sera transportable, il l'enverra dans une clinique d'Ostende. Elle a droit, de toute façon, à la part de sa mère qui lui permettra de vivre et d'élever l'enfant...

— En somme, Léonard attend en bas votre dernier mot ?

Ils n'osèrent pas dire oui. Ils ne dirent pas non. Ils reprirent leur immobilité comme dans un tableau.

Alors Terlinck, du ton d'un homme qui conclut, soupira :

— Bien !

Puis il se leva paresseusement, prit son bonnet de loutre qu'il avait posé sur la table.

— Bonne nuit !...

Il descendit l'escalier aussi lentement qu'il l'avait monté et, au rez-de-chaussée, s'arrêta à la porte de la grande salle. Ils n'étaient plus que trois à attendre, trois qui n'étaient pas assez importants pour être admis là-haut et qui voulaient néanmoins savoir. Terlinck évita de s'attarder. Ce fut dans le porche qu'il s'immobilisa, à un mètre à peine des deux hommes toujours tapis dans l'obscurité. En faisant exprès de rallumer son cigare qui n'était pas éteint, il prononça :

— Bonne nuit, Léonard !... A demain, monsieur Kempenaar...

Car il avait reconnu le secrétaire communal.

Les flocons s'étaient épaissis et tombaient plus lentement. Sur la place, l'horloge de l'Hôtel de Ville marquait dix heures du soir. Au « Vieux Beffroi », toutes les lampes étaient éteintes, sauf une, ce qui indiquait qu'il n'y avait plus de clients et que Kees faisait sa caisse ou empilait les chaises sur les tables.

Les gens endormis dans toutes les maisons de la ville et dans les maisons basses des campagnes d'alentour ne le savaient pas encore mais l'apprendraient le lendemain : Joris Terlinck venait de remporter sa plus grande victoire.

La journée était plus importante encore que celle qui l'avait vu s'asseoir, à la place de Léonard Van Hamme, dans le fauteuil à haut dossier sculpté du bourgmestre.

Que serait-il arrivé s'il n'était pas allé au Cercle, s'il n'avait pas poussé la porte du premier étage et s'il ne s'était pas assis parmi les membres du comité ?

Il tourna la clef dans la serrure, frappa ses chaussures contre le seuil, accrocha sa pelisse au portemanteau. Il vit bien, une fois dans la chambre, que sa femme le regardait entrer, qu'elle épiait son visage, d'un œil, car l'autre était contre l'oreiller. Elle soupira.

Et une fois de plus il se déshabilla et se coucha sans rien lui dire.

Puis, quand il fut dans l'obscurité, il essaya de se souvenir de sa phrase sur l'étalage et sur les étiquettes, car il en était satisfait.

L'étonnant, c'est qu'il ne parvenait pas à reconstituer le visage de Lina Van Hamme, qu'il avait pourtant rencontrée un certain nombre de fois.

— Dites-moi, monsieur Kempenaar...

Kempenaar, le matin, était bouffi, avec toujours dans sa personne quelque chose d'incomplet. Il devait mal dormir, se lever à la dernière minute, ne pas prendre la peine de se laver et s'habiller en hâte, dans une chambre trop froide. Quand il arrivait à l'Hôtel de Ville, il avait les yeux gonflés, le teint rose par plaques, blême ailleurs, et la cravate de travers.

— Vous avez fort bien agi en soutenant le moral de Léonard Van Hamme. Il en avait grand besoin, n'est-ce pas ?

— Je vous jure, Baas...

— Vous jurez quoi, monsieur Kempenaar ?

— Que je ne l'ai pas fait exprès. J'étais allé au Cercle comme les autres. J'ai voulu m'en retourner de bonne heure, car ma femme a de nouveau ses douleurs au ventre. M. Van Hamme était dans le porche. J'ai travaillé avec lui quand il était bourgmestre. Il m'a dit :

« — Hubert, vous seriez gentil de rester un moment avec moi...

Et, tout en parlant, Kempenaar remarquait que Joris Terlinck paraissait plus fatigué que d'habitude. Le jour était glacé. Des tourbillons de neige venaient heurter mollement la fenêtre et la place était blanche, sauf aux endroits où passaient les charrettes et qui étaient comme des rails noirs.

— Dites-moi, monsieur Kempenaar, vous qui êtes un ami de Léonard Van Hamme...

— Je ne me permettrais pas de prétendre que je suis son ami...

Terlinck, par-dessus l'épaule du secrétaire, regardait Van de Vliet figé dans son immense cadre doré.

— Vous êtes trésorier de son orphéon, n'est-ce pas ?

— Je suis musicien et...

— Peu importe, d'ailleurs !... C'est à vous qu'il a fait appel pour lui tenir compagnie dans un moment pénible... Vous êtes en outre, monsieur Kempenaar, un des hommes de Furnes les plus au courant de ce qui se passe dans la ville...

C'était exactement de la même manière, avec la même voix neutre, un visage impassible, qu'il attaquait ses adversaires au conseil municipal et ses voies étaient si détournées qu'on se demandait avec inquiétude où il voulait en venir.

— C'est presque une question de service que je veux vous poser, monsieur Kempenaar. Les hôtels de Furnes ne peuvent recevoir un voyageur sans faire remplir une fiche de police. Des agents veillent à la moralité sur la voie publique. Dans ces conditions, savez-vous où Mlle Van Hamme et Jef Claes se rencontraient ?

Sa voix était devenue plus coupante et Kempenaar en fut étonné. Il était rare que Terlinck manifestât ainsi un sentiment quelconque et il était difficile, en l'occurrence, de déterminer quel était ce sentiment.

Le secrétaire baissa la tête.

— Je vous écoute, monsieur Kempenaar !

— Je ne les ai jamais vus ensemble...

— Évidemment ! Mais vous savez tout. Chaque soir, en sortant d'ici, vous vous arrêtez dans un petit café où viennent se réfugier toutes les nouvelles de la ville...

Il savait donc cela aussi ! Jusqu'alors, il n'y avait jamais fait allusion ! C'était vrai que chaque soir, tout au moins l'hiver, car l'été il n'osait pas, par crainte d'être vu, il poussait la porte de chez Anna, un petit café près du canal où on disait que certains avaient le droit de pénétrer dans l'arrière-boutique.

— Alors, monsieur Kempenaar ?

— Des gens prétendent... Mais ce sont des cancans... Il paraîtrait que le jeune homme pénétrait le soir dans la cour en sautant la palissade du chantier de bois...

— Elle le recevait donc dans sa chambre ?

— Vous savez que M. Van Hamme est très surmené... Il n'a guère le temps de s'occuper de ses enfants...

Parbleu! Il voulait être le maître de toute la ville, le président de toutes les sociétés, le principal en tout! De père en fils, dans la famille, on était le « riche homme », selon le mot de la vieille Mme Terlinck.

— Qu'est-ce qu'il vous a dit, monsieur Kempenaar ?

Et Terlinck regardait l'autre dans les yeux avec l'air de menacer :

— Je sais bien que tu es avec Van Hamme contre moi! Je sais que tu me détestes. Je sais que tu lui racontes tout ce qui se passe à l'Hôtel de Ville. Mais, comme tu es lâche, tu vas trahir Van Hamme à son tour, parce que pour le moment je suis le maître...

— Il était très abattu, surtout à cause de son fils...

Si Kempenaar avait pu, de loin, demander pardon à Van Hamme, il l'aurait fait. Mais il n'avait que Terlinck devant lui et il était forcé de parler.

— C'est vrai qu'il est allé voir son fils dans l'après-midi!... Son fils a dû être très ennuyé, n'est-ce pas?... Quand on veut faire sa carrière dans l'armée, et de préférence à la Cour, il est très désagréable d'apprendre que sa sœur a commis une pareille bêtise...

Il les haïssait. Il avait de la peine à le cacher. Il en était pâle, en dépit du calme de son visage. Il regardait Van de Vliet et semblait lui dire :

— Tu vois que c'est toujours la même bataille! Mais je suis là et, *moi,* ils ne m'auront pas!

Van de Vliet était trop poupin, portait de trop jolies petites moustaches! Parce qu'il avait donné à la commune tous les polders qui lui appartenaient et parce qu'il avait voulu supprimer la pauvreté, on l'avait élu bourgmestre et c'est tout juste s'il n'était pas devenu une manière de saint. Jusqu'au jour où les gens avaient été fatigués de leur saint, toujours le même, et avaient suivi le *dijkgraves,* le chef de digues, de ces mêmes digues que Van de Vliet avait bâties de son argent pour en faire cadeau à la ville!

Le *dijkgraves* s'était fait nommer bourgmestre et avait dépendu le portrait de son ancien maître. Van de Vliet s'était réfugié à Gand et il y était mort pauvre en attendant qu'un demi-siècle plus tard on remît son portrait en place et qu'on rendît un solennel hommage à sa mémoire.

— Dites-moi encore, monsieur Kempenaar...

Mais il s'arrêta. Un appel de cloche arrivait jusqu'à eux, d'une cloche grêle au son particulier, la cloche du cimetière. Terlinck regarda l'heure au chronomètre posé devant lui.

— C'est Jef ? demanda-t-il.

Et l'autre fit le signe de croix, Joris hésita, porta lui aussi la main à son front, à sa poitrine, à ses épaules.

— Ils ne l'ont pas voulu à l'église, n'est-ce pas ?

— Non, Baas. Sa mère aurait désiré qu'au moins ils viennent sur la tombe pour la bénédiction...

— Ils ont refusé ?

— Oui, Baas.

— Vous savez quand Lina quittera l'hôpital ?

— On croit qu'elle sera transportable dans deux jours.

Il se leva, regarda encore Van de Vliet et fit deux fois le tour du bureau, tandis que le secrétaire, piteux, restait planté au milieu du tapis usé.

— Qu'est-ce que vous attendez, monsieur Kempenaar ?

— Pardon... Je croyais...

— Vous inscrirez la mère de Jef Claes au bureau de bienfaisance... Ou plutôt non... Vous ne l'inscrirez pas...

— Oui, Baas... Je veux dire non... Enfin, je ne l'inscrirai pas...

Et il s'en alla à reculons, mou et bouffi, montrant ses dents gâtées dans un faux sourire. La neige tombait de plus en plus dru. Il était trop facile d'imaginer le cimetière, avec le corbillard pressé et une femme qui trottinait derrière.

Joris Terlinck était de mauvaise humeur. Campé devant l'une des fenêtres, il dominait la place où la forme des milliers et des milliers de pavés était sensible à travers la mince couche de neige.

Il vit, tout à l'autre bout, l'avocat Meulebeck sortir de sa rue et se diriger droit vers l'Hôtel de Ville, laissant une piste de pas noirs derrière lui.

Il aurait eu le temps de s'en aller. Il faillit le faire. Puis, comme une ménagère qui entend sonner à la porte, il donna un coup d'œil à son bureau, changea un siège de place, prit la pose dans son fauteuil à dossier raide.

— Entrez, monsieur Kempenaar. Qu'est-ce que c'est ?

— M. Meulebeck désirerait...

— Dites-lui que je le recevrai dans un instant. Je sonnerai...

Il interrogea le chronomètre, décida qu'il ferait attendre l'avocat sept minutes exactement. Pour tuer le temps, il passa la lame la plus étroite de son canif sous ses ongles. Puis il s'avisa que six minutes suffiraient et sonna :

— Introduisez M. Meulebeck !

C'était le fils d'un employé du chemin de fer. Comme il était toujours premier à l'école des Frères, on l'avait destiné à la prêtrise et on lui avait donné une bourse au collège.

Il était pâle, avait un front trop haut et trop large, un long nez, des yeux de myope sous ses lunettes à monture d'acier.

On avait fini par penser qu'il rendrait plus de services comme séculier et on en avait fait l'avocat de l'évêché.

— Bonjour, Meulebeck !

72

— Bonjour, Terlinck. Après la conversation d'hier au soir, j'ai pensé...

Il avait toujours sa serviette sous le bras, c'était une manie. Il ne fumait pas, ne buvait pas. Marié depuis cinq ans, il avait quatre enfants.

— Nous nous sommes placés, après votre départ, au seul point de vue de l'intérêt général...

— Je n'en doute pas, Meulebeck !

Ils ne pouvaient pas se souffrir. Pour Terlinck, c'était l'unique adversaire au Conseil qui eût autant de sang-froid que lui. Pour Meulebeck, Joris était d'abord l'homme qu'il aurait voulu être, qui, en tout cas, lui barrait le passage ; et c'était le seul qui restât insensible à son ironie.

— Vous êtes gentil de ne pas en douter, Terlinck, car nous travaillons tous, n'est-ce pas ? vous comme nous, dans l'intérêt général. Nous avons été émus hier, oui, vraiment émus, en vous voyant accourir à un moment aussi difficile...

Terlinck ralluma son cigare.

— Et nous avons compris que, comme nous, vous vouliez éviter un scandale qui ne pouvait que troubler les consciences. Ainsi que vous avez pu le voir, personne n'a hésité à trancher dans le vif...

Joris leva la tête. Le mot venait de lui faire le même effet que la vue d'un couteau ouvrant de la chair et il avait évoqué sans le vouloir le visage à fossettes de Lina Van Hamme dont il retrouvait soudain les contours.

— Seulement, il ne faudrait pas qu'un événement

aussi déplorable, après une telle décision, puisse être exploité à des fins électorales...

— Que vous ont-ils chargé de me dire ?

— Vous êtes encore bourgmestre pour trois ans au moins. Van Hamme ne compte plus être candidat...

— Vraiment ?

— Tout ce qu'on vous demande, par charité chrétienne, c'est de ne pas vous servir, dans les luttes politiques...

— Dites, Meulebeck !

Un silence.

— Quand je suis arrivé, hier au soir, qu'est-ce que vous aviez décidé ?

— Nous n'avions...

— Votre gueule, Meulebeck ! Non seulement vous aviez décidé, mais Léonard avait décidé, lui aussi ! Et le fils de Léonard ! L'un ne voulait à aucun prix perdre sa situation à Furnes, l'autre sa situation à l'armée. Puisqu'il fallait pour cela sacrifier Lina...

— Terlinck !

— Quoi, Terlinck ? Vous osez prétendre que ce n'est pas vrai ? Et vous tous, qui étiez engagés avec Van Hamme, vous vouliez aussi qu'il sacrifiât Lina... Vous vous souvenez de la citation de Coomans... « *Si votre œil est un objet de scandale...* » Il a jeté l'œil ! L'autre œil aussi !... Et le reste du corps par-dessus le marché...

— Ce qui signifie ? demanda froidement Meulebeck. Vous refusez ?

— Je refuse quoi ?

— De vous engager.

74

— A quoi ?

— A ne pas vous servir de ce triste événement pour vos fins politiques...

La cloche, encore, celle du cimetière. C'était un nouvel enterrement.

— Vous avez peur ?

— Je n'ai pas dit ça !

— Qu'est-ce que vous m'offrez en contrepartie ?

— La place de *dijkgraves* à la prochaine réunion.

— Celle de Van Hamme ?

— Celle-là où une autre. Quelqu'un démissionnera pour vous donner son siège...

— Je promets !

Meulebeck s'agita sur sa chaise, posa sa serviette sur ses genoux.

— C'est que... Je suis chargé...

— De me faire signer un engagement ?

— De vous demander... oui... En somme... Une garantie qui...

Terlinck regarda Van de Vliet comme pour lui demander conseil, saisit une plume.

« ... *m'engage à ne jamais faire allusion dans les débats publics ou privés à...* »

Tout en signant, il lança sa locution favorite :

— Dites donc, Meulebeck...

Celui-ci ne broncha pas.

— Vous n'avez pas encore eu l'idée de vous présenter à la députation, vous ?

Silence. Mais Meulebeck avait pâli.

— Voici votre papier... Donnez-moi le mien...

Et ainsi put-il lire la promesse qu'avant trois mois il

serait *dijkgraves,* qu'il appartiendrait donc au corps suprême qui, par le truchement des digues, disposait des eaux du ciel et des eaux de la mer.

— Si vous voyez Léonard, vous lui direz...

Il chercha une formule dans le genre de celle des étalages et des étiquettes, n'en trouva pas.

— Vous ne lui direz rien... Au revoir, Meulebeck !

IV

— Bonne et heureuse année, Joris!

Heurtant de sa bouche pointue, par deux fois, les joues rêches de son mari, elle prononçait ces syllabes d'une voix si lamentable, sur un ton si pénétré qu'elle semblait dire :

— Encore une terrible année de finie et une terrible année qui commence, mon pauvre Joris! Je vais souffrir! Tu vas souffrir! Et je prie Dieu pour qu'il nous évite de plus épouvantables catastrophes!

Quant à lui, il avait frôlé de ses lèvres les cheveux encore enroulés sur les bigoudis et avait murmuré :

— Bonne année, Thérésa!

Puis ils s'étaient habillés tous les deux, à la lumière électrique, car ils allaient à la messe de sept heures. Ils n'avaient pas mangé, ni pris de café, puisqu'ils devaient communier. Au pied de l'escalier, Maria s'était avancée.

— Bonne et sainte année, Baas...

Et dehors, dans l'obscurité, Thérésa avait failli tomber, s'était raccrochée au bras de Terlinck. Les pavés étaient couverts de verglas et on voyait d'autres femmes danser comme elle une danse grotesque en se rendant à la messe avec leur mari. Il faisait froid. Chacun poussait son nuage de vapeur devant sa bouche et il en était de même dans l'église qui ne s'était pas encore imprégnée de la chaleur des fidèles.

C'était plein de monde, tous ceux qui voulaient communier le premier jour de l'année et aussi ceux qui désiraient une grande journée de liberté pour faire leurs visites.

Joris et Thérésa avaient leur banc. Thérésa passait toute la messe agenouillée, le visage dans les mains et quand elle devait se lever à l'évangile, elle montrait des yeux perdus comme si elle revenait d'un autre monde. Terlinck, lui, demeurait debout, bien droit, les bras croisés, le regard fixé sur les flammes dansantes des cierges de l'autel.

Une fois pourtant son regard s'abaissa sur une des dalles de la nef, une dalle bleue tout usée ou apparaissaient encore quelques mots : « ... *le très honoré Célius de Baenst...* »

1610 ou 1618, on ne pouvait plus très bien lire. Sous la pierre, il y avait les restes d'un aïeul de cette même Thérésa qui aspirait en priant, tant elle voulait aller vite ou tant elle y mettait de ferveur, et qui finissait par émettre un bruit de pompe.

Quand on sortit de la messe basse, le jour était levé et on eut la surprise de voir un ciel rose au-dessus des toits blancs de givre. Des petits garçons vendaient des hosties, de grandes hosties comme celle du prêtre, et chacun en achetait une et, selon la tradition, la gardait à la main pour, une fois à la maison, la coller sur la porte.

Terlinck n'était pas encore habillé, en ce sens qu'il ne portait que son costume de tous les jours. Il mangea, d'abord, les œufs au lard et une des gaufres que Maria avait faites la veille et qui embaumaient toute la maison. Puis il prit les œufs battus d'Emilia, glissa une gaufre dans sa poche. Et Thérésa, la mine toujours navrée, le regarda s'engager dans l'escalier.

C'est à peine si, à elle, il lui était donné de voir sa fille à travers le guichet de la porte. Non que Joris l'interdît. C'était Emilia qui, en présence de sa mère, devenait impossible, était prise de colères inexplicables qu'on avait toutes les peines du monde à calmer.

Quand il ouvrit la porte, là-haut, Terlinck fronça les sourcils, ne retrouvant pas le spectacle quotidien. C'était même un peu effrayant car, dans la mauvaise lumière, il ne comprenait pas tout de suite ce qui s'était passé.

Sur le lit, il y avait une montagne de plumes et la folle s'était blottie sous ces plumes, si bien blottie qu'on ne devinait que ses yeux.

— Bonne année, Emilia, dit-il pour lui-même, d'une voix pas nette.

Elle rit. Cela lui arrivait de rire ainsi, d'un rire d'enfant anormal, et ce rire faisait plus mal que ses colères, à cause de ce qu'il avait de méchant, de pervers.

— Je t'ai apporté une gaufre...

Il posa la nourriture sur la table de nuit. Il savait qu'Emilia ne lui permettrait pas de toucher à son œuvre, au matelas déchiré à coups d'ongles ou de dents et dont elle avait sorti tout l'intérieur comme, une fois, quand elle avait huit ans, elle avait sorti l'intérieur d'un chaton encore vivant dont elle avait ouvert le ventre à l'aide de ciseaux de couture.

Il descendit au premier étage. Longtemps on l'entendit aller et venir dans le cabinet de toilette. Quand il reparut en bas, il avait le teint plus rose qu'à l'ordinaire, la peau plus lisse, le cheveu très fin. On le voyait tout habillé de noir, le col du pardessus relevé, la tête couverte d'un chapeau noir de forme haute et presque carrée.

Sur la place où des rayons obliques de soleil, passant entre les créneaux des maisons, faisaient fondre par endroits le verglas, d'autres gens, en noir eux aussi, stationnaient par petits groupes, et quand il passa, se dirigeant vers l'Hôtel de Ville, chacun porta silencieusement la main à son chapeau.

Chaque chose allait venir à son heure. Rien que d'observer les groupes, on aurait pu dire lesquels passeraient les premiers et lesquels attendraient encore longtemps sur la place. Certains même, bien qu'il fût tôt, entraient au « Vieux Beffroi » et, à l'occasion du Nouvel An, s'offraient un petit verre de genièvre.

Terlinck veilla en personne à ce que tout fût en ordre. Des bûches flambaient dans la cheminée monumentale, ce qui n'arrivait qu'à certaines occasions depuis qu'on avait installé le chauffage central à l'Hôtel de Ville. La porte était ouverte entre le cabinet du bourgmestre et le salon de réception aux murs garnis de tapisseries flamandes. Enfin, par respect pour la tradition et bien que ce jour-là il fît soleil, on avait allumé tous les lustres qui donnaient une lumière irréelle.

— Bonne année, Baas ! avait prononcé Kempenaar d'un ton pénétré.

Terlinck, ce qui n'arrivait qu'une fois l'an, avait serré sa main toujours moite.

— Bonne année, monsieur Kempenaar !

Tout était-il prêt ? Sur le bureau, les boîtes de cigares s'empilaient au lieu des dossiers. Sur un plateau, trente ou quarante verres et les bouteilles de porto. A l'autre bout du même bureau, les flûtes à champagne.

— Je peux faire entrer, Baas ?

Kempenaar était en ordre aussi, vêtu de la redingote qu'il mettait pour chanter, et il venait à la hâte de se ganter de fil blanc.

Terlinck n'avait pas besoin de se regarder. Il se voyait ! Il se tenait debout le dos à la cheminée, juste en dessous de Van de Vliet, et il paraissait plus grand que le portrait. C'était peut-être l'effet de la redingote qu'il portait ce jour-là comme les autres ? Son col était très haut, sa cravate en reps blanc. Avant de donner le signal définitif et alors qu'on entendait déjà un lointain brouhaha, il coupa le bout d'un cigare qu'il alluma lentement.

— Faites entrer, monsieur Kempenaar !

Le petit personnel d'abord, en commençant par Hector, le concierge de l'Hôtel de Ville, le seul autorisé à se faire accompagner de sa femme qui travaillait, comme femme de ménage, pour la municipalité. Hector louchait, portait un costume noir, une chemise d'une blancheur étonnante. Kempenaar, à la porte, ne laissait entrer que de petits groupes à la fois.

— Tous nos vœux les meilleurs, Baas...

— Une bonne et heureuse année, Baas...

Il restait froid, immobile, plus froid et on eût dit plus immobile que Van de Vliet dans son cadre. Il ne faisait que deux gestes, toujours les mêmes : il serrait la main qui se tendait, puis plongeait les doigts dans une des boîtes pour en retirer un cigare qu'il remettait à son interlocuteur.

— Merci, Baas...

Après quoi l'homme, suivant la file, contournait la table où l'huissier emplissait les verres de porto.

— A la santé du bourgmestre de Furnes !

L'allumeur de réverbères, les agents de police en gants blancs, les employés du service des eaux, du gaz, de l'électricité...

— Bonne année, Baas...

— Bonne année, Goeringen... Bonne année, Thiessen... Bonne année, Van de Noote...

Il restait des nuages au ciel, mais des nuages invisibles. Ils filtraient le soleil, ne lui laissaient que des issues inattendues si bien que la grand-place avait des parties étrangement éclairées et des ombres très noires. Les groupes se rapprochaient insensiblement de l'Hôtel de Ville. Certains, en arrivant sur le trottoir, vidaient leur pipe, se mouchaient, jetaient un coup d'œil aux fenêtres à petits carreaux du premier étage.

Les cloches sonnaient les grand-messes. Et la ville commençait à être traversée de carrioles avec des familles entières de paysans endimanchés, tout le monde en noir, certaines femmes en coiffe, d'autres couvertes de fourrures et coiffées de chapeaux ridicules.

— Bonne année, Baas...

La femme d'Hector, après être allée se déshabiller et se mettre en tenue de travail, était remontée ; dans un petit cabinet, elle lavait les verres au fur et à mesure, les essuyait à peine, car le défilé s'accélérait.

Un cigare, un verre de porto. Puis on avait le droit de traverser le grand salon aux tapisseries, de s'y attarder un peu, d'attendre un camarade ; mais on marchait sur la pointe des pieds, certaines chaussures neuves craquaient, et on parlait à voix basse.

— Bonne année, Baas...

Les cigares étaient plus grands, plus gros que les autres années, et chacun regardait avec surprise la bague qu'on ne connaissait pas encore, large et dorée, portant une image très nette de l'Hôtel de Ville dont on aurait pu compter les fenêtres, et les mots « Ville de Furnes ».

Les mains devenaient moins rudes, les costumes moins étriqués. Quelqu'un — c'était un fonctionnaire de l'hôpital — osa timidement :

— A la santé du nouveau cigare...

Mais Terlinck ne sourit pas. Il les voyait arriver de loin. Il les connaissait. Il savait de qui c'était le tour.

En bas, sur le trottoir, les conseillers commençaient à arriver, quelques-uns en auto, et leur voix, parce qu'ils étaient chez eux, était plus bruyante.

Terlinck adressa un signe à l'huissier qui emplissait les verres. Cela voulait dire :

— Arrêtez le porto !

Et il referma une boîte de cigares à peine entamée, en prit une autre dont les bagues étaient les mêmes, mais les cigares plus soignés.

On ne disait déjà plus Baas.

— Bonne année, Terlinck ! Pour vous et pour notre ville de Furnes...

Il n'avait pas changé de place depuis le début de la cérémonie. Le personnel, débarrassé de la partie officielle de la journée, s'ébrouait sur la place, envahissait les cafés. Certains retrouvaient à la porte leur femme et leurs enfants, qui les avaient attendus pour aller rendre visite aux parents. Tous avaient le même cigare à la bouche.

Terlinck appelait :

— Monsieur Kempenaar !

Et celui-ci d'accourir, inquiet.

— Pourquoi n'a-t-on pas servi les biscuits ?

Ainsi, malgré tout, on comptait un oubli ! D'habitude, avec le porto et ensuite avec le champagne des conseillers, on servait des biscuits secs et il y en avait, depuis la veille, une boîte dans le placard.

— J'avais oublié, Baas... Excusez-moi...

C'était un peu ridicule d'ouvrir devant tout le monde la bande de fer. Pour couper le papier, Kempenaar n'avait pas de canif et c'est un échevin qui lui prêta le sien. Enfin on n'avait pas préparé les plateaux de cristal sur lesquels, les autres années, les biscuits étaient artistement posés.

— Bonne année, Terlinck...

Et maintenant Joris savait que Léonard Van Hamme était sur le palier. Il le savait parce que ceux qui entraient étaient ses compagnons habituels. Tout le monde savait qu'il savait.

Depuis les événements, les deux hommes ne s'étaient pas rencontrés. Il avait été tacitement décidé qu'on laisserait un peu de temps s'écouler et, lors de la dernière séance du Conseil communal, Van Hamme, se faisant excuser, en avait profité pour aller à Anvers où l'appelaient ses affaires.

Ils étaient tous là, le Dr Thys, le notaire Coomans, en redingote lui aussi, le sénateur de Kerkhove ; Meulebeck, qui se tenait près de la porte, devait sans doute donner le signal à Van Hamme.

On avait débouché les premières bouteilles de champagne et le murmure des conversations montait d'un ton quand Léonard entra enfin énorme dans sa pelisse.

Il était encore plus grand et plus fort que Terlinck, surtout plus sanguin, aussi gonflé de sève que les chevaux de sa brasserie. Ses gros yeux regardaient en tous sens mais ne devaient rien voir, car c'était pour lui un mauvais moment à passer.

D'une seconde à l'autre, chacun s'était tu. Certains toussotaient, pour rompre un silence gênant. Léonard serrait la main de Coomans, qu'il venait sans doute de quitter dans l'escalier, mais cela lui donnait une contenance.

— Bonne et heureuse année, mon cher président...

Et la voix nette de Terlinck :

— Monsieur Kempenaar... Apportez-moi une coupe, s'il vous plaît...

On ne pouvait pas savoir ce qu'il voulait faire, mais certaines prétendirent après qu'il était devenu plus pâle que de coutume.

Quant au reste, cela se passa si vite qu'on n'arriva jamais à se mettre d'accord sur les détails. En gros, Léonard Van Hamme s'avançait vers le bourgmestre, en faisant exprès de s'attarder dans les groupes, pour donner une certaine désinvolture à sa démarche. Comme tout le monde, il avait laissé son chapeau au vestiaire, de sorte qu'il avait les deux mains libres.

Un peu sur la gauche, Kempenaar, effaré, apportait une flûte de champagne.

A quel moment exact Terlinck la saisit-il de la main gauche ? Toujours est-il qu'il se passa ceci : Léonard, arrivé devant Joris, tendit la main droite, prononça d'une voix assez brouillée !

— Terlinck, je vous souhaite une bonne et heureuse année...

Or, à cet instant, la main droite de Terlinck tenait un cigare, la gauche la flûte de champagne. Si bien que ce fut un cigare que Van Hamme reçut et il en fut tellement étonné qu'il regarda sa propre main.

Il rougit. Là-dessus, on fut d'accord. Et, quand il rougissait, c'était d'un seul coup, comme si un jet de

86

sang l'eût éclaboussé. En même temps, on entendit sa respiration.

Devant lui, Terlinck, impassible mais pâle, tendait la coupe de champagne comme on voit des saints, sur les vitraux, tendre un crucifix aux malheureux.

Quelqu'un toussa, dans le fond, une quinte de toux qui n'en finit pas. Léonard leva la main. Le regard de Joris était planté, dur et froid, dans ses yeux.

Alors on vit Van Hamme, qui avait toujours été l'homme le plus considérable de la ville, accepter cette flûte des mains de son ennemi. Sa main tremblait. Il recula, s'intégra à un groupe qu'il traversa, se tint un moment appuyé à la table, et ce dut être machinalement, parce qu'il avait la gorge sèche, qu'il but une gorgée de champagne.

Quelques secondes plus tard, il était parti et bientôt on entendait tourner le moteur de sa grosse voiture américaine.

D'aucuns prétendirent que Terlinck laissa tomber alors le mot :

— Saligaud !

Mais si, en effet, il murmura quelque chose en mâchant son cigare, nul ne pouvait se vanter d'avoir distingué les syllabes.

Quand il revint d'avoir été souhaiter la bonne année à sa mère, il était un peu moins de midi. Dans la salle à manger qui servait de salon flottait une odeur de vin blanc doux que Mme Terlinck avait

offert aux voisines venues pour lui présenter leurs
vœux. Et là aussi il y avait des gâteaux secs en demi-
lune, des verres sales.

Un jeune homme qui portait l'uniforme kaki sortit
de la cuisine et gauchement, jugeant ces effusions
ridicules, il récita :

— Bonne année, parrain ! Et tout ce que vous
pouvez désirer...

En même temps il tendait ses deux joues maigres,
puis plantait de vagues baisers sur celles de Terlinck.

— Bonne année, Albert... Ils t'ont quand même
donné une permission ?

Et lui, avec un clin d'œil vulgaire :

— Je me suis arrangé avec le maréchal des logis...

Thérésa était là, vêtue de soie noire, un immense
camée sur la poitrine.

— Qu'est-ce que tu avais encore fait, Albert ?
s'informa-t-elle de cette voix qui suffisait à saupou-
drer de tristesse tous les instants de la vie.

— Quatre jours de salle de police parce que mes
harnais n'étaient pas au goût de l'adjudant... Qu'on
fasse astiquer les harnais par les bleus, ça va... Mais
qu'un ancien...

Le verglas avait fondu presque partout, sauf dans
quelques taches d'ombre, et l'eau, à la place, zigza-
guait en traînées noires. Des cloches sonnaient, et
encore des cloches. Les gens sortaient du « Vieux
Beffroi », endimanchés, et tout le monde avait bu un
peu plus que de coutume, tout le monde se hâtait
vers le déjeuner.

Maria avait fait cuire la poule au pot. La porte de

la cuisine était ouverte. Les odeurs se mêlaient et en fin de compte ne formaient qu'une seule odeur qui était celle du Nouvel An.

Albert portait l'uniforme d'une façon désinvolte qui révélait à la fois l'ancien et la forte tête. Il n'était peut-être pas mal portant, mais il était en pleine formation et il ne devait pas beaucoup dormir. Il restait pâle, d'une vilaine pâleur qui révélait des orgies dans les petits cafés d'Ostende. Une certaine fièvre dans ses yeux, une ironie pas très sympathique.

— Tous vos bonshommes ont défilé ? demanda-t-il à Terlinck, qui venait de retirer sa redingote et dont les manches de chemise faisaient deux taches éblouissantes.

Terlinck ne dit rien. Albert était sans doute le seul à pouvoir se permettre avec lui pareille désinvolture. Il le savait. Il était là comme chez lui. Tel un jeune gamin, il touchait à tout, ouvrait boîtes et tiroirs.

Trois couverts étaient dressés, dont un pour lui. C'était une tradition depuis longtemps, depuis toujours, qu'au Nouvel An il mangeât avec Terlinck et sa femme ; une tradition aussi que Joris lui fît un cadeau, jadis un objet, une montre en argent, puis une montre en or, une fois un pardessus, une autre fois un livret de Caisse d'épargne, et, maintenant qu'il était un jeune homme, un billet de cent francs.

— Vous pouvez servir, Maria !

Du soleil filtrait à travers la mousseline des rideaux et rendait plus sensible la chaleur. Thérésa récitait son *Benedicite*. Albert n'esquissait même pas le signe de la croix et se servait de bouillon.

Savait-il qu'il était le fils de Terlinck et jugeait-il qu'à cause de cela il pouvait tout se permettre ?

Joris y avait pensé plusieurs fois. Maria, qui devinait toujours ce qu'il pensait, lui avait affirmé :

— Je vous jure, Baas, qu'il ne m'a jamais rien dit et que, de mon côté...

C'était possible ! Il était irrespectueux de nature. Pas ambitieux, comme Joris l'était à son âge.

De l'orgueil, oui ! Tous deux en avaient, Joris comme Albert. Mais l'orgueil d'Albert n'était pas de faire ceci ou cela, de réussir mieux et plus vite que les autres.

C'était de n'avoir peur de rien ni de personne et il était fier d'accumuler les jours de salle de police, voire de prison.

— Vous êtes à peu près bien nourris, à la caserne ?

— Moi, oui, parce que j'ai une combine avec le cuistot du mess des sous-off...

Terlinck restait impassible. Il observait le jeune homme, mais ne laissait rien deviner de ses sentiments. D'ailleurs, avait-il des sentiments ? Quand Maria lui avait annoncé qu'elle était enceinte, il avait dit :

— C'est bien !

Et il avait fait le nécessaire, en ce sens qu'il avait engagé une autre bonne pendant trois mois, puis qu'il avait cherché une nourrice, payé tout ce qu'il y avait à payer. A sa femme, il avait annoncé sans ambages :

— Je crois que l'enfant est de moi. J'aiderai Maria à l'élever mais, bien entendu, je ne le reconnaîtrai pas...

Thérésa avait pleuré. Elle pleurait toujours quand on lui annonçait quelque chose et on ne lui annonçait que des catastrophes. A cette époque, on ne savait pas encore qu'Emilia était incurable. On disait simplement qu'elle était en retard pour son âge. Et presque chaque dimanche Albert venait à la maison, trop éveillé, lui, espiègle et malin. Thérésa observait son mari et était étonnée qu'il ne s'attendrît pas.

Il ne devait jamais s'attendrir sur Albert. Il se contentait de l'observer, d'un œil froid. C'était son fils sans être son fils. Le gamin l'appelait parrain. On lui avait expliqué que son père était mort.

Peut-être Terlinck pensait-il que si, un jour, Albert se montrait digne de lui...

Il n'en prenait pas le chemin. Il avait été mauvais élève, puis mauvais apprenti et, en désespoir de cause, il s'était engagé pour trois ans. Il serait mauvais soldat aussi. De tous les milieux où il vivait, il ne prenait que le mauvais.

— C'est vous qui leur avez donné tous les cigares qu'ils avaient au bec ce matin ? questionna-t-il en se servant de poule. Comme réclame, hein ?

Tant pis ! Terlinck ne lui en voulait pas d'être ainsi. A tout bien peser, il en était plutôt satisfait, car qui sait ce qui se serait passé si Albert avait été un garçon selon son cœur ?

Après ses trois ans de service, on lui trouverait quelque chose et, si ça n'allait pas mieux, on l'enverrait au Congo.

Maria, sachant qu'elle avait tout à craindre du

gamin, venait de temps en temps à la porte écouter la conversation.

— Dites donc ! Il paraît que vous avez eu un sacré drame, ici ! J'ai lu ça dans le journal. Le rigolo, c'est que je rencontre presque chaque matin la fille de Van Hamme.

Thérésa baissa la tête, l'appétit coupé, n'ignorant pas que son mari, au contraire, allait lever le menton.

— Chaque matin ?

— Quand je suis de la corvée de fourrage... Vous voyez où est la caserne ?... Avec mon attelage, je passe par le quai et, quand je reviens de l'Intendance, vers dix heures, je suis à peu près sûr de la voir qui se promène... Elle a un logement dans le quartier, au-dessus d'un marchand de cordages...

Les fourchettes continuaient leur travail, avec des heurts sur la faïence. Terlinck ne disait plus rien. Le silence, un moment, fut gênant, comme le matin, à l'Hôtel de Ville, quand Léonard Van Hamme était entré.

— Pourquoi s'est-il tué, ce petit gars-là ?

Thérésa soupira, prête à pleurer. Maria, à la porte, tentait de faire signe à son fils, mais celui-ci ne regardait pas de son côté.

— Je ne vois pas la nécessité de se tuer parce qu'on a fait un enfant à une fille... Tant plus qu'elle est riche, tant mieux ! pas vrai ?

Il le faisait exprès. Il n'ignorait pas qu'il choquait, que ce n'était pas là le langage admis dans la maison. Mais c'était un besoin chez lui d'aller à l'encontre des sentiments de ses interlocuteurs.

— Moi, je vous fiche mon billet qu'à sa place...

— Albert! fit Maria, de la cuisine.

— Eh bien! quoi? Qu'est-ce que je dis de mal? Tu es toujours à parler comme si les hommes étaient des saints...

Terlinck attendit son regard. La phrase pouvait être pour lui. Dans ce cas, Albert savait. Mais le jeune homme, sans le regarder, continuait à manger avec appétit.

— Il n'y a plus de pommes de terre, maman?

Des jours comme celui-là, l'atmosphère de la maison n'était plus la même. Et le bureau de Terlinck, le matin, était différent de ce qu'il était le reste de l'année. Est-ce que Joris n'avait pas serré la main, comme à des amis, à des employés que, d'habitude, il n'accueillait que par une remarque glacée?

Le lendemain, la vie reprendrait son cours. En attendant, Albert parlait, parlait en mangeant, la bouche pleine, ce que Terlinck n'eût pas toléré de son vrai fils.

— Elle a un petit chien blanc, un loulou de Poméranie, que ça s'appelle, et elle s'arrête chaque fois qu'il veut faire pipi...

C'était à croire que Thérésa avait réellement le sens du malheur. Elle leva la tête en même temps que son mari. Elle sentait, elle était sûre qu'il allait poser une question.

Leurs regards se rencontrèrent. Il comprit qu'elle l'avait deviné, mais il n'en dit pas moins :

— Où habite-t-elle?

93

— Vous voyez la gare maritime, pas ? En face, de l'autre côté du pont, là où accostent les petits bateaux de pêche, il y a cinq ou six estaminets où on vend des moules et du poisson frit... Après le troisième, celui où la servante est une belle Espagnole, c'est un marchand de cordages... Une maison blanche à deux étages... Eh bien ! c'est là que je l'ai vue rentrer...

Maria avait préparé une tarte.

— La pâte n'est pas cuite ! déclara Albert. Maman n'a jamais su faire une tarte, mais elle s'entête...

C'était vrai. Thérésa n'en affirma pas moins que la tarte était délicieuse et qu'il n'y avait que de bonnes choses dedans.

Terlinck se leva, prit un cigare, en tendit un au jeune homme.

— Quand dois-tu rentrer à Ostende ?

— Pour l'appel de cinq heures, vu que je n'ai pas de permission. Il y a un tram à quatre heures...

— Tu veux que je te conduise ?

— Ce serait épatant ! Le tram coûte huit francs.

Les regards de Thérésa et de Maria se cherchèrent.

— Viens un moment dans mon bureau...

Le jeune homme, en quittant la salle à manger, éprouva le besoin de lancer un clin d'œil à sa mère.

— Qu'est-ce que je te donnais, les autres fois ?

— Cent francs.

Le coffre était ouvert. C'était une manie de Terlinck d'ouvrir le coffre-fort quand il avait quelqu'un dans son bureau, peut-être un besoin de défier en laissant apercevoir sur les casiers de gros paquets de papiers qui ne pouvaient être que des titres.

— Depuis quand as-tu tes vingt ans ?

— Depuis un mois...

Il chercha dans un vieux portefeuille tout gonflé et tendit deux billets de cent francs.

— Tiens !

— Merci, parrain.

— Nous partirons quand on aura bu le café.

— Bien, parrain.

Thérésa aidait Maria à laver la vaisselle. Toutes deux chuchotaient dans la cuisine, au-dessus de l'évier. Terlinck, dans le garage, mettait de l'huile dans sa voiture. Quant à Albert, il examinait la vieille auto d'un œil critique.

La ville était déserte et quand des gens passaient, c'étaient des familles, presque en rang, en grande tenue, en délégation vers quelque autre famille.

Pendant que le moteur chauffait, Terlinck alla se déshabiller et mettre sa tenue de tous les jours, avec la courte pelisse et le bonnet de loutre.

Les deux hommes partirent. Maria, en regardant s'éloigner son fils, avait l'air anxieux. Et Thérésa soupirait en rentrant :

— Cette histoire-là ne nous amènera jamais rien de bon !

Que fit-elle de tout l'après-midi ? Il ne vint que deux voisines. Elle les reçut avec du vin sucré et des galettes. Elle soupira un peu et hocha la tête au récit des malheurs des autres, puisque tout le monde a ses malheurs et qu'il meurt tant de gens dans l'année.

— Encore la pauvre Théodora qui avait pourtant cinq enfants et un cancer à l'estomac...

Le reste du temps, elle entrait dans la cuisine, causait avec Maria, ou bien elle allait mettre de l'ordre dans quelque armoire.

La nuit tombait à quatre heures. On sonna le Salut, mais elle ne s'y rendit pas. Avec Maria, elles se partagèrent une gaufre, debout dans la cuisine, avec un reste du café de midi.

Puis ce fut cinq heures, six heures, le moment de mettre la table, l'heure de manger, et les couverts restaient glauques et inemployés sous la lampe à abat-jour rose.

— Maria, je me demande si, avec ce verglas, il ne lui est pas arrivé malheur...

— Le verglas a fondu...

— Il a fondu quand il y avait du soleil, mais il gèle à nouveau et il s'obstine à ne pas acheter de nouveaux pneus...

A huit heures, Terlinck n'était pas rentré, ce qui n'était encore jamais arrivé. Il n'y avait pas le téléphone à la maison, mais seulement à la manufacture où, ce jour-là, les locaux étaient vides.

A huit heures dix, une petite fille timide et bégayante, la fille de la receveuse des postes, vint annoncer :

— M. Terlinck a eu une panne... Il ne rentrera que dans une heure... Il vous fait dire de ne pas vous inquiéter...

Et la petite fille, endimanchée comme tout le monde, récita cela à la façon d'un compliment, crut devoir ajouter après une révérence apprise à l'école :

— Bonne année !

V

Si, d'une fenêtre, on regardait les gens dans la rue, il était difficile, ce jour-là, de ne pas penser aux premiers films du cinéma, quand la cadence trop rapide des images faisait courir et gesticuler les personnages comme des pantins désarticulés.

Jamais il n'avait tant plu. Les gouttes d'eau crépitaient sur les trottoirs comme des balles de celluloïd et de l'eau sortait de partout, des gouttières, des égouts, de dessous les portes, eût-on dit, formait des nappes dans lesquelles les autos s'engageaient prudemment.

Pas de ciel, aucun fond à l'atmosphère, aucune couleur. Rien que de l'eau glacée. Des bonnes femmes troussaient haut leurs jupes et montraient leurs bas attachés par des cordons ; des parapluies devenaient flasques et suintaient par-dessous ; des visages comme en conserve, ternis, maussades, flottaient derrière les rideaux des maisons.

Et pourtant, dès huit heures du matin, on comptait dix autos sur la grand-place et des messieurs qu'on ne connaissait pas en descendaient, allaient se réchauffer un moment au « Vieux Beffroi », s'engouffraient à l'Hôtel de Ville.

Puis M. Coomans arrivait avec son premier clerc. Puis Meulebeck, qui était échevin des travaux publics.

En courant, on traversait à nouveau le trottoir et les autos s'en allaient à la queue leu leu, comme les jours de cortège, avec des ailes d'eau et de boue. Les briques des façades devenaient noires à force d'être délavées. Tout était mouillé, et les gens dans les autos, et bientôt les papiers dans la serviette du clerc de notaire.

Douze ou quinze hommes, derrière Terlinck, durent pourtant patauger dans la boue autour de l'usine à gaz, en se serrant à plusieurs sous un parapluie. Quelquefois l'un d'eux s'éloignait pour mesurer quelque chose ou bien des conciliabules avaient lieu à l'écart.

Tout cela dehors, dans un chantier qui ressemblait à un terrain vague, à cent mètres d'un rang de maisons lugubres qu'on avait fait construire jadis, au temps où Léonard Van Hamme était bourgmestre, sur le modèle des cités ouvrières.

Dans ces maisons-là aussi, des gens, pâles derrière les vitres, regardaient.

Il fallait aller vite. Il pleuvait trop.

— Messieurs, si vous êtes de mon avis et si vous n'avez plus rien à voir, nous irons procéder à l'adjudication à l'Hôtel de Ville.

Terlinck, avec ses guêtres, sa courte pelisse, son bonnet de loutre, ne s'inquiétait pas de la pluie. Il était grave, pénétré peut-être par l'importance de cette journée. Il remonta dans son auto, avec un adjudicataire d'Anvers qui était israélite et qui parlait tout le temps. On s'élança à nouveau pour traverser le trottoir. On s'installa dans la salle des mariages. Le notaire Coomans étala tout le contenu de sa serviette sur le tapis vert de la table et alluma solennellement une bougie.

C'est ainsi qu'à onze heures du matin MM. Duperron et Jostens, de Bruxelles, rachetèrent l'usine à gaz de Furnes et s'engagèrent à la démolir dans un délai de trois mois.

Malgré la pluie, la boue, les traînées d'eau sur le parquet et dans les escaliers, les pieds mouillés et les épaules détrempées, malgré l'odeur de laine qu'on répandait et l'aspect catastrophique des rues, Joris Terlinck vivait une journée triomphale.

Personne, pas même un Van de Vliet au plus haut de sa gloire, n'aurait osé seulement envisager la possibilité de démolir l'usine à gaz qui avait coûté si cher, de la vendre à des marchands de ferraille de Bruxelles, qui allaient en faire des morceaux et les emporter.

Terlinck l'avait fait. Depuis quinze jours que le gaz était fourni par l'usine de Roulers, on avait déjà pu le diminuer de quatre sous.

Tout le monde fumait des cigares, des cigares de Terlinck. Kempenaar, l'adjudication finie, avait sorti la bouteille de porto et les verres. Des autos repartaient déjà. Le petit notaire Coomans appelait

MM. Duperron et Jostens pour leur demander des signatures.

La partie officielle était finie. Les adjudicataires étaient contents.

— Monsieur le bourgmestre, nous espérons que vous accepterez de venir déjeuner avec nous... On nous a dit qu'il y a un très bon restaurant dans la ville... Monsieur le notaire nous accompagnera aussi...

Et Joris de répondre :

— Si vous voulez que nous déjeunions ensemble, il faudra venir déjeuner chez moi !

Il avait fait prévenir sa femme par M. Kempenaar. Il avait invité le notaire et même Meulebeck qui avait été son adversaire le plus acharné dans l'affaire de l'usine à gaz.

— En attendant, je vais vous faire les honneurs de l'Hôtel de Ville...

Voilà comment les choses se passèrent, avec un certain désordre, surtout à cause de la pluie, mais aussi parce que les événements mémorables ne ressemblent jamais à ce qu'on attend d'eux. Des gens d'affaires, des commerçants qui se sont levés trop tôt, qui ont fait trente ou cent kilomètres, qui pataugent dans la boue pour visiter les chantiers, puis qui, autour du tapis vert, comprennent vite que Duperron et Jostens iront jusqu'au bout et qui repartent en cachant mal leur mauvaise humeur !

Le plus inattendu, c'était d'avoir à sa table le notaire Coomans qui n'avait jamais mis les pieds dans la maison et Meulebeck qui n'était entré jusqu'alors que dans le bureau.

Ils étaient là, dans la salle à manger où le poêle fumait un peu, où l'air était bleu, la nappe couverte de choses qu'on mange rarement et que Thérésa était allée acheter chez Van Melle, le marchand de primeurs — certaines boîtes qui étaient peut-être dans les rayons depuis cinq ou six ans et dont on ne connaissait plus le contenu !

M. Coomans, qui tournait le dos au poêle et qui en était trop près, car on avait mis les rallonges à la table, était tout rose, presque rouge derrière la blancheur de sa barbe. Près du poêle aussi, par terre, des bouteilles étaient rangées, de vieilles bouteilles que Joris avait choisies à la cave et qui chambraient.

— A la santé du bourgmestre de Furnes ! lança dès le premier verre celui des Bruxellois qui devait être Jostens.

Il parlait comme personne n'était capable de parler en Flandre, avec une facilité déconcertante, rondement, gaiement, jonglant avec les mots, et, eût-on dit, avec la vie.

Alors il arriva, et Meulebeck le remarqua, que Terlinck, qui ne buvait jamais que de la bière, vida plusieurs fois son verre de vin, restant toujours aussi grave mais regardant autour de lui d'un œil qui devenait rêveur.

C'étaient toujours les Bruxellois qui parlaient et il faisait de plus en plus chaud ; Maria allait et venait de la salle à manger à la cuisine où Thérésa lui donnait la main sans se montrer.

Ce fut Coomans qui crut l'apercevoir par la porte
entrebâillée. Il fut bien content de lancer :

— Nous n'aurons pas le plaisir de voir
Mme Terlinck ?

— Pas aujourd'hui, répliqua Joris. Ma femme
s'excuse, mais elle n'est pas trop bien portante et elle
garde la chambre...

Cinq minutes ne s'étaient pas passées que le vieux
notaire, qui guettait avec une espièglerie de gamin,
apercevait à nouveau Thérésa dans la cuisine et
prononçait :

— Voyons, Terlinck, c'est pourtant bien votre
femme que je viens de voir !

Il exultait de mettre le bourgmestre dans une
situation embarrassante. Les yeux de Meulebeck
brillaient derrière les lunettes. Les Bruxellois étaient
gênés.

Et Joris, sans rougir, disait pesamment :

— Vous avez raison, monsieur Coomans. C'est
bien ma femme qui est dans la cuisine, où elle aide la
servante.

Était-ce l'effet du vin ? Il restait calme, certes, mais
ce n'était pas le calme glacé qu'on lui connaissait. Il
regardait chacun autour de lui comme quelqu'un qui
va faire une déclaration importante.

— C'est exactement l'histoire de l'usine à gaz,
monsieur Coomans, cette histoire que vous n'avez
pas encore comprise.

On mangeait des pigeons, faute d'avoir trouvé du
gibier.

— D'habitude, n'est-ce pas, monsieur Coomans, nous ne sommes que deux dans cette maison, ou plutôt dans cette salle à manger, et une seule servante suffit amplement pour nous servir. Mettons que trois fois, quatre fois par an, il vienne des invités. Est-ce à cause de ces invités que je vais entretenir toute l'année une servante supplémentaire à ne rien faire ?

Les fourchettes allaient leur train, car il y avait de la gêne dans l'air.

— Si je prends, ces jours-là, quelqu'un du dehors, que fera cette personne le reste du temps ?... Répondez-moi, monsieur Coomans...

Thérésa aurait remarqué, elle, qu'il avait les yeux trop brillants, mais elle se tenait cachée derrière la porte et elle ne le voyait pas.

— Nous avons une ville de cinq mille habitants qui vit de la campagne d'alentour, c'est-à-dire du lait, du beurre, des œufs, du blé, des betteraves... Si on vous avait écouté, vous, monsieur Coomans, et avec vous tous ceux qui ne voient pas plus loin que le bout de leur nez, nous continuerions à faire le gaz nous-mêmes, plus cher que celui que nous vend une ville voisine... Et quand il a été question de bâtir un nouvel hôpital, vous vouliez qu'il fût construit par les entrepreneurs de la ville... Ainsi pour tout...

Il parlait pour les Bruxellois qui, par politesse, approuvaient de la tête.

— Qu'est-ce qui serait arrivé, monsieur Coomans ?... Admettez seulement que nous démolissions l'usine à gaz par nos propres moyens... Il n'existe pas de chômeurs à Furnes, sinon quelques types qui ne sont capables de rien faire d'autre... Des gens seraient venus de la campagne pour gagner davantage, et les ouvriers mécontents des autres villes... Ils auraient travaillé trois mois, quatre mois... Et après ?... Est-ce que vous aurez toujours une usine à gaz à démolir, un hôpital à créer ?... Croyez-vous que ces ouvriers seraient retournés chez eux ?...

Sa main frémissait tandis qu'il penchait au-dessus des verres le panier d'osier qui contenait une vieille bouteille de bourgogne.

Un des Bruxellois profita de ce répit pour dire aimablement :

— J'espère que nous aurons malgré tout l'occasion de présenter nos respectueux hommages à Mme Terlinck ?

— Non, monsieur !

Il n'était pas ivre, loin de là, mais il y avait en lui un certain décalage qui le rendait encore plus catégorique que d'habitude. Parfois on aurait pu croire qu'il cherchait une dispute.

— Vous êtes ici pour une affaire d'adjudication et ma femme n'a rien à voir avec les affaires de la ville. Chacun à sa place ! Voilà mon principe.

M. Coomans avait de plus en plus le sang à la tête. Quatre bouteilles avaient défilé sur la table et, quand on se leva, il fut évident que tout le monde était engourdi.

— Si vous voulez, nous prendrons le café dans mon bureau.

Il y alluma le poêle à gaz, prit les boîtes de cigares

sur la cheminée et à ce moment il y eut sur son visage comme un léger flottement, il fronça les sourcils, regarda vivement ailleurs.

C'était arrivé au moment où il était tourné vers le milieu de la pièce et où il tendait les cigares à Jostens resté debout. Il avait levé la tête vers lui et, l'espace d'une seconde, de beaucoup moins qu'une seconde, il avait eu l'impression de voir Jef Claes.

Même pas! C'était plus vague, une bouffée de souvenir, quelque chose d'indéfinissable. Jostens, qui avait un gros ventre et de grosses joues, ne ressemblait en rien à Claes. Cela tenait uniquement à ce qu'il était à la même place que celui-ci le dernier ·soir. Peut-être aussi au vin?

— Asseyez-vous, messieurs... Vous prendrez bien un verre de vieux schiedam?...

Maria apportait le plateau avec le café, et le bureau, si vide d'habitude, devenait trop petit. Terlinck prenait le cruchon de schiedam dans le placard puis, sur une autre planche, le service à liqueur aux petits verres finement ciselés.

— Je bois à votre long règne à l'Hôtel de Ville!

Et Terlinck, qui semblait parfois le faire exprès:

— Mon règne ne finira que le jour où on me conduira au cimetière. N'est-ce pas, monsieur le notaire Coomans? Parce qu'il n'y en a plus un, maintenant, qui oserait prendre ma place. Demandez-leur...

Meulebeck, surpris de cette attitude, essayait de garder l'expression ironique qui s'harmonisait avec sa longue tête pâle.

— Vous avez diminué les impôts! soupira M. Coomans.

— Vous êtes un philanthrope, monsieur Terlinck! crut bon d'ajouter un Bruxellois.

— Non, monsieur!

— Je veux dire que vous vous inquiétez du bonheur de vos administrés...

— Non, monsieur! Mes administrés, comme vous dites, ne sont pas plus heureux parce qu'ils paient quelques francs de moins d'impôt! Et les malades ne seront pas plus heureux de mourir dans le nouvel hôpital que dans l'ancien! On doit faire ce qu'il y a à faire, mais c'est une erreur de croire qu'on change le sort des gens. J'ai une belle-sœur, moi qui vous parle...

Coomans et Meulebeck se regardèrent.

— C'est une sœur de ma femme, une de Baenst, un nom que vous avez déjà entendu. Eh bien! à la mort de son mari, qui était chef d'orchestre, elle avait quarante ans et elle était sans ressources. Qu'est-ce que vous auriez fait à ma place?

Et, après les avoir laissés un moment dans l'embarras :

— Je lui ai conseillé de chercher du travail à Bruxelles! Si je l'avais recueillie chez moi, j'aurais agi stupidement, parce que ce n'est pas sa place. J'ai épousé une fille de Baenst et pas deux! Et si je lui avais donné de l'argent... Supposez que je lui donne dix mille, vingt mille francs... Quand elle les aura dépensés, il faudra qu'elle trouve à nouveau dix ou vingt mille francs... Ainsi de suite... Tandis qu'elle a maintenant une place, à Bruxelles, où on ne la connaît pas. Elle est caissière dans un café de la rue Neuve et c'est pourtant une fille de Baenst.

« Je fais la même chose à l'Hôtel de Ville quand un malheureux vient me demander du travail. On ne donne pas un emploi à quelqu'un parce qu'il est malheureux. C'est moins cher de lui faire distribuer de l'argent par le bureau de bienfaisance et de donner l'emploi à celui qui est capable de le tenir...

On trinqua en heurtant les verres les uns contre les autres. La fumée des cigares remplissait déjà la pièce. Le gaz ronflait. La pluie coulait en rigoles sur les vitres.

Était-ce Jostens ou Duperron ? Terlinck ne savait plus au juste. Le plus gros des deux ! Il murmurait :

— Vous ne voudriez pas me montrer le petit endroit ?

Dans le corridor, où l'air était glacé, il tira quelque chose de sa poche.

— Permettez, monsieur Terlinck... Veuillez ne pas vous froisser, mais c'est l'usage... Vous le donnerez à vos pauvres si vous le voulez...

Il lui tendait un mince portefeuille et Terlinck le prenait, ouvrait la porte du bureau.

— Ce monsieur n'avait pas du tout besoin d'aller au petit endroit, mais il désirait me remettre ce portefeuille... Il contient... Attendez !... Il contient cinq mille francs... Qu'est-ce que vous en pensez, Coomans ?... Et vous, Meulebeck ?

Le second des Bruxellois essayait de repêcher son camarade en murmurant :

— C'est un simple don pour les pauvres de la ville...

— Je vous ai déjà dit que je ne donnais rien aux pauvres, monsieur Duperron... Duperron, ou Jostens?... Cela n'a pas d'importance... Et on ne vous laissera pas emporter un boulon de plus que ceux auxquels vous avez droit... Et vous n'aurez pas un jour de délai supplémentaire pour terminer les travaux...

Il ne restait plus qu'à s'en aller, qu'à faire venir les pardessus mouillés, les caoutchoucs, et Terlinck eut encore un petit coup d'œil anxieux vers le milieu de la pièce, comme pour s'assurer que Jef Claes n'y était pas.

S'il avait vécu, serait-il devenu un homme comme Duperron et Jostens, par exemple?

Quel besoin de se poser cette question?

— Bonsoir, monsieur... Mais non! Il n'y a pas de quoi me remercier... Si vous avez fait une bonne affaire, la ville de Furnes en a fait une aussi bonne... Bonsoir, Coomans... Bonsoir, Meulebeck...

Toute la chaleur se dissipait, toute cette ambiance de bon repas, de sauce chaude, de vin, de cigares et de schiedam. Les moteurs des autos tournaient. Par politesse, les invités agitaient la main à la portière.

Dans la maison vide, Terlinck faisait lentement demi-tour, éteignait le foyer à gaz, remettait les boîtes de cigares en pile sur la cheminée. Toutes les portes restaient ouvertes. Dans la salle à manger, Thérésa et Maria n'en avaient pas fini de descendre et de balayer les miettes.

— Quel jour sommes-nous ? demanda-t-il.

Il ne voulait pas s'asseoir, ni rester à rien faire. Il avait un peu mal à la tête et il évitait, avec une répugnance presque physique, le milieu de son bureau, la place où Jef Claes...

— Tout est préparé ?

— Non, Baas, dit Maria. Je n'ai pas eu le temps.

Il le fit lui-même, traversa la cuisine, se trouva dans une sorte de lavoir où il y avait une pompe et tout ce qu'il fallait pour nettoyer. Il prit un seau qu'il emplit d'eau, une brosse sans manche, des chiffons.

— Attendez, Baas. Je vais monter ça...

Il ne se donnait pas la peine de répondre, coltinait ces ustensiles, s'arrêtait devant la porte de sa fille.

Chaque mercredi il faisait la même chose, mais chaque mercredi aussi, jusqu'à la dernière minute, il ne pouvait pas savoir s'il irait jusqu'au bout.

Il avait retiré ses manchettes, son veston, son faux col. La porte à peine ouverte, avant de se tourner vers le lit, il murmurait d'une voix machinale :

— Doucement, ma petite fille... Sois sage, mon petit pigeon joli...

Et le mot pigeon le frappa, car il venait justement de manger du pigeon.

Elle le regardait faire. L'instant d'avant, elle chantait, il l'avait entendue à travers la porte, une de ces complaintes sans air, sans paroles précises, qu'elle pouvait étirer pendant des heures.

Mais, du moment qu'il était là, elle se raidissait, les doigts crispés à son matelas, l'œil méfiant.

Et lui, qui n'était pas sûr de n'être pas interrompu,

ramassait vite le plus gros, les saletés de toutes sortes qui encombraient le plancher. En même temps, il répétait d'une voix que nul n'eût reconnue :

— Gentil, mon petit oiseau... Elle est gentille, n'est-ce pas ?... Elle ne va pas faire de la peine à son père...

En bas, Thérésa sanglotait, parce qu'elle avait entendu les bribes de la conversation. Et, dans ces répliques qu'elle ne comprenait pas, dans le ton de son mari, dans sa rage de parler, elle décelait une nouvelle menace.

— Avoue, Maria, qu'il n'était pas comme les autres jours.

— Le Baas avait peut-être un peu bu ?

— Ce n'est pas ça, Maria ! Quand par hasard il a bu, il se tait et s'enferme...

Là-haut, chaque mètre carré nettoyé, passé au chiffon mouillé, constituait une victoire, et Terlinck s'empressait de répéter :

— Elle est gentille... Elle ne veut pas faire de la peine à son père... Elle va se laisser laver comme une grande fille...

Ses yeux restaient secs, son regard sans expression. L'odeur de la chambre était écœurante, mais il n'en était plus incommodé. Sur le lit, Emilia était toujours raidie, toute nue, maigre, blême, couverte de plaies.

— Aujourd'hui, elle sera bien sage... Son papa va la laver.

Le plus dur arrivait. Quand il parvenait de l'autre côté du lit, Emilia, le plus souvent, était prise d'une

110

terreur qui, presque toujours, finissait par une colère terrible.

Alors, elle attaquait. Elle attaqua, ce jour-là comme aux plus mauvais jours, en criant, en hurlant, les ongles dehors, essayant de mordre. Et il fallait la maintenir sans lui faire de mal, guetter le moment de sauter vers la porte et de quitter la chambre où elle continuait à glapir des mots orduriers.

Où les avait-elle appris, personne ne l'avait jamais su. Certains de ces mots étaient si crus, si ignobles, que son père ne les connaissait pas.

En sortant précipitamment, il renversa le seau, revint sur ses pas pour le ramasser, afin de ne rien lui laisser avec quoi elle pût se blesser.

Il écouta encore un peu le chapelet d'injures et de grossièretés.

Puis il s'enferma dans son cabinet de toilette, au premier étage, se lava avec soin, en se regardant gravement dans la glace.

Il aurait pu aller jusqu'à la manufacture de tabac qui n'était pas encore fermée, mais il avait changé de vêtements et il n'avait pas envie de se mouiller à nouveau.

Il descendit à pas lourds, pénétra dans son bureau sans passer par la salle à manger où il entendait remuer sa femme. Il alluma le gaz, prit un cigare, mit ses lunettes et jeta un petit coup d'œil à « la place ».

Puis il croisa les jambes et commença à lire son journal. Il avait soif, peut-être à cause du vin, mais il n'avait pas le courage d'aller chercher de l'eau dans la cuisine et il n'y avait pas de sonnette pour appeler.

D'ailleurs, Maria était montée. Il l'entendait qui rangeait la chambre qu'il venait de quitter. Même en pantoufles de feutre, elle avait le pas lourd, elle l'avait toujours eu, elle faisait deux fois plus de bruit que n'importe qui quand elle montait ou descendait l'escalier, et c'était un vacarme, le soir, lorsqu'elle se déshabillait dans sa mansarde du second étage.

Les enfants revenaient de l'école, transis sous leur caban au capuchon pointu qui ne laissait rien voir de leur visage. Et c'était, le long des trottoirs, le clap-clap saccadé des sabots. Les becs de gaz brûlaient. Terlinck n'avait pas allumé encore et, pour le faire, il était obligé de se lever. Il avait toujours le journal sous les yeux, mais il ne lisait plus. Son cigare s'était éteint. Maria, au-dessus de lui, avait commencé par remettre les vêtements en place, sauf ceux qu'elle descendrait pour les sécher dans la cuisine. Elle s'approchait du lit. Elle commençait, penchée en avant, par le débarrasser des couvertures et des draps avant de retourner les deux matelas d'un puissant effort.

C'est ainsi que cela avait commencé, jadis ! Il était entré par hasard, sans idée arrêtée.

Il se leva en soupirant, gagna la porte, le corridor mauve de vesprée. De la lumière filtrait sous la porte de la salle à manger. Thérésa devait lever la tête de son ouvrage en se demandant s'il allait entrer.

Mais il monta, tête basse. Sur le palier, il hésita, retira deux fois sa main du bouton de la porte. Enfin, haussant les épaules, il s'avança, ferma la porte à clef bien que ce fût inutile, bien que Thérésa eût compris dès le moment où elle l'avait entendu monter, bien que personne n'aurait l'idée de pousser l'huis désormais.

Pour faire la chambre, Maria avait allumé, il éteignit. Elle ne dit rien.

Et tout le temps il continua à voir au-delà des fenêtres le halo de la ville, les traits aigus des becs de gaz à travers le rideau de pluie, la masse sombre de l'Hôtel de Ville où se découpaient des fenêtres hautes et étroites.

Des enfants passaient toujours. Il y avait beaucoup d'enfants, tous avec des cabans, des capuchons, des petits nez rouges d'enrhumés, des regards envieux vers les vitrines éclairées, surtout vers les étalages de victuailles.

Il se releva et Maria se releva sans rien dire, reprit son travail exactement au point où elle l'avait laissé. En sortant, il eût pu tourner le commutateur mais il ne le fit pas, referma la porte, se trouva tout seul sur le palier, avec d'un côté l'escalier qui descendait, de l'autre l'escalier qui montait, sa fille, en haut, qui devait dormir après une crise, sa femme, en bas, qui pleurnichait en cousant.

L'escalier était sombre. Il n'était pas chauffé. Chaque fois qu'on ouvrait une porte, on recevait, selon qu'on sortait d'une pièce ou qu'on y entrait, une bouffée de froid ou de chaleur.

Il descendit, décrocha sa pelisse du portemanteau.

— Vous sortez, Joris ? demanda la voix de Thérésa.

Il haussa les épaules sans répondre, mit son

bonnet, ouvrit la porte et enfonça les mains dans ses poches.

La pluie tombait toujours. Il apercevait la fenêtre de son bureau, non éclairée, puisqu'il n'y était pas, et il pensait que Van de Vliet était dans l'obscurité.

Il n'y alla pas. Il n'alla pas à la manufacture. Il n'alla pas à Ostende. Il n'alla nulle part.

Il poussa la porte à vitre dépolie du « Vieux Beffroi » et renifla l'odeur familière de bière, de genièvre et de cigare. Les chromos étaient à leur place. Sur les chaises, il n'y avait personne.

Ce n'était pas l'heure. Kees lui-même, surpris par le timbre de la porte, dut accourir de sa cuisine.

— C'est vous, Baas ? Qu'est-ce que je vous sers ?

Car, à cette heure, il ne savait pas.

— Comme toujours !

Et il s'assit à sa place, non loin du poêle, croisa les jambes, chercha un nouveau cigare qu'il planta dans le bout d'ambre. L'étui fit entendre son bruit sec.

— Je vais faire de la lumière...

Terlinck hésita. Quand il était entré, la moitié seulement des lampes étaient allumées. Cela donnait une impression de vie en veilleuse, en grisaille. Un peu comme quand on allait en semaine au Cercle et qu'on pénétrait dans la salle des fêtes où une unique ampoule éclairait de loin le décor et les drapeaux.

— C'est ça ! Allume...

Kees, le dos tourné, se permettait de froncer les sourcils. Il les fronçait encore en soutirant la bière.

— Alors, Baas, cela s'est bien passé ?

— Très bien.

— On dirait pourtant que vous n'êtes pas content.

Or, c'était sa journée ! Jamais Van de Vliet n'avait été plus puissant à Furnes ! Ni personne ! Il n'était pas le bourgmestre, quelqu'un à qui on confie pour un temps plus ou moins long l'administration de la ville et à qui on demande des faveurs. Il était le maître, le Baas !

La ville, c'était son affaire à lui, comme la manufacture de cigares, et il l'administrait comme il administrait celle-ci. La preuve, c'est que l'usine à gaz, non seulement serait démolie, mais le serait par une grande entreprise de Bruxelles !

Nul n'avait bronché ! On lui avait objecté qu'il jetait cinquante familles sur le pavé et qu'il y aurait des manifestations. Or, les cinquante familles s'étaient contentées de regarder à travers les vitres de leurs maisons misérables les autos qui arrivaient en cortège, les messieurs qui en descendaient et arpentaient sous la pluie les terrains vagues.

Les cinquante familles redeviendraient ce qu'elles étaient auparavant !

— Et je veux qu'il y ait toujours des pauvres gens pour ramasser le crottin dans la rue ! avait-il déclaré en plein Conseil. Parce que, sinon, c'est du crottin qui se perd ! Donc de la richesse qui s'en va ! Donc, de nouveaux pauvres...

— Donne-moi encore un demi, Kees !

Avait-il hésité à affirmer à Coomans qu'on ne le remplacerait jamais ? Autrement dit, celui qui le remplacerait aurait à compter avec lui ! Et alors, ce serait comme avant, comme les vingt années pendant lesquelles, à lui tout seul, en somme, il avait été l'opposition, harcelant le bourgmestre et les échevins au point de les écœurer.

Kees était mal à l'aise. Il regardait l'horloge qui marquait cinq heures, l'heure à laquelle le bourgmestre, dans son bureau, aurait dû voir la porte s'ouvrir et Kempenaar entrer avec le courrier à signer.

— Il paraît que ces messieurs ont dîné chez vous?... Avec M. le notaire Coomans et M. l'avocat Meulebeck?...

— Tu veux faire une partie de dames, Kees?

— Avec plaisir, Baas.

— Qu'est-ce qu'on joue?

— Une tournée, voulez-vous?... Préférez-vous un demi contre un cigare?

Et Joris Terlinck, les traits durcis par la réflexion, par l'effort, passa un quart d'heure penché sur les cases noires et blanches et sur les pions. Il fumait. Il grognait. Kees jouait aux dames tous les jours, parce que des clients avaient besoin d'un partenaire, et il était de première force. Il se donnait le loisir, entre deux coups, d'aller resserrer sa pompe à bière qui coulait goutte à goutte.

Terlinck calculait, l'œil fixe, les lèvres crispées autour du fume-cigare.

— A toi!

— Je vous en prends trois, Baas! Mauvais coup pour vous.

Kees s'en repentit presque, tant il lui sembla que son partenaire réagissait, devenait comme terreux, se penchait avec une fièvre que rien, dans cette partie, n'expliquait.

— Encore une erreur comme celle-là et je suis à dame...

— Et maintenant? questionna Joris en avançant un pion, en ne le lâchant qu'après un long moment.

Il leva la tête.

— Maintenant, ça va mieux pour vous, Baas!

On eût pu croire, à l'éclair qui passa dans les yeux du bourgmestre, qu'il venait de jouer son avenir sur un coup de dames.

Après vingt minutes, il ne gagnait pas encore.

Au moment où des clients entraient, les deux joueurs étaient à égalité : deux dames partout!

Ils faisaient partie nulle.

VI

C'était la seconde fois qu'il tombait en panne en revenant d'Ostende à Furnes. Il faisait noir depuis longtemps. D'un côté de la route, les villas fermées pour l'hiver étaient tapies dans les dunes. De l'autre, au-delà d'un premier plan de sable et de grandes herbes rêches, le noir, plus vivant qu'ailleurs, qui exhalait comme une respiration fraîche et humide, c'était la mer et la lueur à l'horizon celle du bateau-phare.

Joris Terlinck s'était campé au milieu de la route et quand il aperçut les phares d'une auto qui venait de Nieuport, il déploya ses grands bras. Puis, les paupières plissées à cause des lumières qui l'aveuglaient, il se pencha dans l'ombre de la portière.

— Bonsoir... Vous connaissez le garage Martens?... Tout de suite à droite avant d'arriver à Mariakerke, n'est-ce pas?... Vous direz à Mertens ou à son commis que Terlinck, le bourgmestre de Furnes, est encore une fois en panne avec son pneu et qu'il lui demande de venir tout de suite...

Le ciel était vaste, ce soir-là. Maintes lucioles

erraient sur la mer et il y en avait quelque part tout un rang, comme une chenille : les bateaux de pêche qui sortaient l'un derrière l'autre du chenal d'Ostende.

Dix minutes ne s'étaient pas écoulées qu'un vélo s'arrêtait et que Mertens descendait.

— C'est le même pneu que l'autre fois ?

— Je crois que c'est le même.

Il laissait le mécanicien manœuvrer le cric, décrocher la roue de secours, se battre avec toutes ces ferrailles froides et, quand ce fut fini, il lui donna un cigare.

— Je passerai un de ces jours payer ma note, n'est-ce pas ?

— Quand vous voudrez, Baas... Mais si vous devez faire souvent la route d'Ostende, vous feriez bien de changer d'auto...

Le point rouge du cigare. Le vélo qui s'éloignait. Terlinck qui remettait sa voiture en marche, sans se presser, au point qu'un gros tramway bruyant le dépassait.

Il était en retard, ce qui n'avait pas d'importance. Après Nieuport, au lieu de filer droit sur Furnes, il prit le chemin de la mer.

Il était tout seul. Et il faisait frais. Il avait l'impression que l'air qu'il respirait avait bon goût, que les minutes étaient légères, d'une curieuse transparence malgré l'obscurité.

Encore de la dune et ces roseaux piquants comme des flèches. Des maisons basses, accroupies eût-on dit pour donner moins de prise au vent, avec les carrés lumineux des fenêtres. Une des maisons était celle de sa mère. Il ralentit, ne s'arrêta pas tout à fait. Il eut le temps d'entrevoir la vieille femme, debout, un peu cassée, son bonnet blanc sur la tête, qui prenait un plat sur la table pour le remettre dans le buffet.

Est-ce que cela lui était déjà arrivé de faire quelque chose sans but, de passer par Coxyde sans raison, peut-être dans le secret espoir de prolonger une sensation de détente?

Les rues de Furnes se dessinaient, l'usine à gaz qui n'existait plus qu'à l'état de squelette, le nouvel hôpital que le roi était venu inaugurer, la place, les milliers de petits pavés secs, vraiment secs, pour la première fois depuis longtemps.

Il glissa la clef dans la serrure, poussa la porte et tout de suite trouva, dans le corridor, comme un symbole de sa maison, deux personnes qui chuchotaient.

Le Dr Postumus, à la vue de Terlinck, rentrait les épaules comme pour parer un coup. Thérésa reniflait et se passait la main sur les yeux.

— Excusez-moi de vous avoir dérangé, n'est-ce pas? Merci, docteur...

Et Postumus se collait au mur pour passer. Thérésa et lui échangeaient encore des regards, comme des promesses. Terlinck retirait son paletot, son bonnet de loutre, secouait les pieds sur le paillasson et pénétrait dans la salle à manger où il n'y avait qu'un couvert de mis sous la lampe.

— Vous avez mangé? questionna-t-il comme sa femme rentrait.

Elle balbutia oui, vit bien qu'il ne la croyait pas, soupira :

— Ne vous inquiétez pas pour moi, Joris! Maria! servez...

— C'est vous qui êtes malade?

Elle aurait aimé répondre que oui, mais ce n'était pas vrai et elle se contenta d'un mouvement de la tête vers le plafond.

— Qu'est-ce qu'elle a eu? questionna Terlinck, méfiant, en se servant de soupe.

Il était prêt à se lever, à aller voir. Il ne commencerait à manger que quand il serait rassuré.

— Comme toujours...

— Qui est-ce qui était à la regarder?

Son œil devenait méchant.

— Toutes les deux, n'est-ce pas? Ce sera toujours la même chose!...

Et son poing s'abattit sur la table, fit frémir la faïence.

— Je vous ai répété cent fois qu'elle ne peut pas vous sentir derrière la porte, avec vos mines de *mater dolorosa*... A plus forte raison quand elle vous aperçoit derrière le judas!...

Mme Terlinck pleura.

— Nous ne voulions pas rester, Joris... Je tenais seulement à m'assurer qu'elle ne manquait de rien... Je n'ai pas osé monter toute seule...

Que la mer, avec ses lumières errantes, était déjà loin !

— Elle a essayé de se lever ?

Un signe affirmatif. Parbleu ! Dès qu'elle voyait les deux femmes, Emilia était prise de rage et commençait par proférer des menaces, puis par réciter son répertoire le plus obscène. Parfois — et c'est ce qui venait d'arriver — elle se levait pour se précipiter vers la porte.

— Elle est tombée ?

— Oui...

— Vous n'avez pas pu la relever à vous deux ? Il a fallu appeler Postumus ?

— Elle criait si fort que j'ai cru qu'elle allait ameuter les voisins... La lampe ne marche plus... L'ampoule doit être brûlée... Maria avait apporté une bougie et la bougie s'est éteinte... Alors, nous avons eu peur...

Il repoussa son assiette, alla se camper le dos au feu et coupa machinalement le bout d'un cigare.

— Naturellement, Postumus a encore insisté pour que nous nous en séparions ! Qu'est-ce qu'il a dit ?

— Toujours la même chose... Écoutez, Joris...

— Rien du tout ! Est-ce que tous les docteurs, y compris le professeur que j'ai fait venir de Bruxelles, ont déclaré qu'elle est inguérissable, oui ou non ?

— Oui, mais...

— Ils lui donneront des douches, n'est-ce pas ? Puis ils lui mettront la camisole de force ! Les infirmiers appelleront leurs camarades pour voir ça et pour écouter quand elle aura ses crises...

Il sortit en faisant claquer la porte, monta là-haut, ne fit qu'épier de loin, pour ne pas exciter Emilia.

Elle chantait, dans l'obscurité. Elle dut percevoir un léger craquement car son chant s'arrêta, mais Terlinck retint son souffle et elle fut rassurée.

Il était tard. Quand il poussa la porte du « Vieux Beffroi », il y avait longtemps que les parties étaient en train. Quelqu'un achevait une phrase :

— ... reçu une carte postale de Nice...

Et lui, pas encore assis, en homme qui a le droit de poser toutes les questions :

— Une carte postale de qui ?

Il le savait, mais voulait le leur faire dire. Ils savaient qu'il savait. C'était toujours la même comédie, qu'on jouait lentement, au ralenti, en l'entrecoupant de bouffées de cigare, de petites gorgées de bière, comme pour faire durer le plaisir.

— De Léonard...

— Il vous en a envoyé aussi, Steifels ?

Steifels joua d'abord, se renversa un peu en arrière.

— Déjà la semaine dernière... Est-ce que quelqu'un a des nouvelles de sa fille ?

Personne ne répondit. Kees avait apporté le demi-brune du bourgmestre.

— Il paraît qu'elle est à Ostende... disait Steifels qui faisait des petits yeux pour regarder ses cartes à travers la fumée.

Et Terlinck était sûr qu'il disait cela pour lui. Est-ce qu'il l'avait rencontrée ? Est-ce que son frère, qui était armateur à Ostende, lui avait parlé de quelque chose ?

— Je coupe... De la bière, Kees !... A propos ! Ça

doit être pour bientôt, maintenant... Si on me demandait mon avis... Trèfle !... Mais non ! Je n'ai pas de carreau... Si on me demandait mon avis, je dirais que Léonard a choisi exprès le moment pour aller se promener en France... Sa bronchite et le conseil du docteur de se rendre dans le Midi, c'est de la blague... Qu'est-ce que vous attendez pour jouer, Léopold ?

— Et moi, savez-vous ce que je dirais ? Que s'il envoie tant de cartes postales, c'est pour bien prouver qu'il est dans le midi de la France et non où vous savez...

— Une partie de dames, Kees ? proposa Terlinck en soupirant.

Le patron s'assura que tous les verres étaient pleins, qu'il avait quelques minutes de répit. Il y eut encore des phrases, de temps en temps, une par-ci, une par-là, qui se reliaient dans le temps et dans l'espace et qui finissaient par former un tout. Et de ce tout, c'était Terlinck en définitive qui était le centre.

Il fit ce qu'ils désiraient. Il dit sa phrase aussi, à petits coups, en jouant, en regardant attentivement les cases jaunes et noires, une vraie phrase à la Terlinck, que les autres pouvaient ensuite ruminer pendant des heures :

— Il y a des gens, comme ça, qui plutôt que de cesser d'être quelque chose, préfèrent encore n'être plus rien du tout... Je crois que vous avez perdu, Kees !... Un cigare ?

— Joris...

Il faisait noir. Il n'y avait dans la chambre qu'un mince trait de lumière argentée qui glissait entre les rideaux et se dessinait sur le linoléum.

— Joris...

Il ne répondit pas. Et Thérésa soupira, se retourna dans son lit, essaya à nouveau de dormir. Puis elle toussa. Elle ne renonçait pas facilement à ses idées. Elle se retint de respirer pour entendre sa respiration à lui et s'assurer qu'il ne dormait pas encore. Alors il s'ingénia à respirer régulièrement, bruyamment.

Ce n'était pas la première fois que ça arrivait et c'était toujours les soirs où il était allé à Ostende.

— Vous dormez, Joris ?

Il ne put s'empêcher de soupirer avec accablement et ainsi il se trahit.

— Pourquoi faites-vous semblant de dormir ? Est-ce que je ne peux plus vous parler ?

Il sauta du lit, pieds nus, fit trois pas vers le mur où se trouvait le commutateur, resta debout, en chemise, à regarder le lit de sa femme où on ne distinguait que des cheveux et un morceau de visage.

— Qu'est-ce que vous avez à me dire ? Eh bien ! dites-le !

— Ne vous fâchez pas, Joris !... Vous savez bien que, quand vous êtes comme ça, vous me donnez des palpitations et que je ne peux plus parler...

— J'écoute...

— Vous êtes encore allé à Ostende, n'est-ce pas ?

Il était assis au bord de son lit de fer et restait ainsi,

toujours en chemise, indifférent au froid, car la chambre n'était pas chauffée.

— Et après ?

— Pourquoi ne voulez-vous rien me dire ?... Voilà plus de dix fois que vous allez à Ostende... Il vous est même arrivé d'y aller le matin...

— Qui vous l'a dit ?... Répondez !... Qui vous l'a dit ?

— Postumus... Il vous a rencontré...

— Et qu'a-t-il encore raconté ?

— Ne vous fâchez pas, Joris... Est-ce que nous ne pourrons jamais causer simplement tous les deux ?... Vous allez prendre froid...

— Cela m'est égal...

Alors comme si elle voulait partager son sort, prendre froid avec lui, elle se découvrit, s'assit sur son lit, tenant cependant sa camisole croisée sur sa poitrine.

— Vous l'avez vue ?

Il essaya, connaissant d'avance le résultat :

— Qui ?

— Vous savez bien de qui je veux parler...

— Oui, je le sais ! C'est vrai ! Et il y a des semaines que je sens que vous êtes à vous torturer, à vous poser des questions, à m'épier, puis à en parler pendant des heures à Maria...

— C'est Maria qui m'en a parlé la première !

— Et qu'est-ce qu'elle a dit, Maria ?

— Ne vous fâchez pas, Joris !... Vous ne pouvez pas être si méchant que ça !... Est-ce que je vous ai fait quelque chose ?

D'être elle, oui! Et encore de lui avoir donné Emilia! Mais ça, il ne pouvait pas le lui dire. Au surplus, c'était inutile. Elle le savait. Elle comprenait tout. Elle devinait tout. Il y avait des moments où elle en était diabolique!

— Depuis quelque temps, vous n'êtes plus le même, Joris... Et cela arrive justement quand je croyais que nous allions être un peu tranquilles... Vous avez tout ce que vous vouliez... Vous êtes bourgmestre... Personne n'ose rien contre vous... Vous avez reçu le roi...

Alors, il eut une image nette de la chambre, avec eux deux, sa femme dans son lit, en camisole, en bigoudis, et lui assis au bord du sien, jambes et pieds nus. Sa lèvre se retroussa dans un mauvais sourire et ce sourire n'échappa pas non plus à Thérésa.

— Qu'est-ce que vous pensez? Vous n'êtes pas heureux? Vous n'avez pas tout ce que vous avez désiré? Or, maintenant, je ne sais pas ce qui vous arrive...

— Vous croyez que vous ne feriez pas mieux de dormir?

— Répondez-moi, Joris... Quand *il* est venu, *il* vous a avoué la vérité n'est-ce pas?... Qu'est-ce qu'*il* vous a demandé?... *Il* voulait partir avec *elle*?... *Il* avait besoin d'argent?... J'ai tellement pensé à ce jour-là, à son coup de sonnette, à...

— Continuez!

— Je ne sais pas... *Il* vous a demandé quelque chose et vous avez refusé... Peut-être même vous a-t-*il* annoncé ce qu'*il* allait faire?...

Elle le regarda dans les yeux. Toute faible qu'elle parût, elle était capable, parfois, d'une terrible énergie.

— *Il* vous l'avait annoncé?

— Et si je réponds oui?

— Joris!

Elle avait sauté du lit à son tour.

— Vous saviez qu'*il* allait la tuer et se tuer à son tour? Et vous *l*'avez laissé partir?... On aurait dit que je le sentais!... Ce soir-là, j'ai failli courir après *lui*... Ainsi, c'est par votre faute que...

— Vous feriez mieux de vous recoucher.

Mais non! Elle était lancée. Cela lui arrivait périodiquement, après des mois de silence et de larmes. Et alors, c'était la grande scène, la revue totale de leur vie, avec des détails que tout le monde, sauf elle, avait oubliés.

— Et vous avez le toupet, maintenant, d'aller voir cette fille? Qu'est-ce que vous lui avez dit? Vous n'oseriez pas me répondre, n'est-ce pas? Je parie que vous lui faites des mamours, parce que vous essayez ainsi d'apaiser votre conscience... Mon Dieu! Mon Dieu! Comment peut-il exister des êtres au cœur aussi dur...

On entendit Maria remuer dans sa mansarde où lui parvenaient les éclats de voix.

— Toute votre vie vous avez été le même. Quand vous m'avez épousée, c'est parce que j'étais une de Baenst et que, malgré ce qu'on racontait, vous ne pouviez croire que nous n'avions plus d'argent! Quand j'étais enceinte, vous n'aviez pas honte

129

d'avoir des rapports avec Bertha de Groote, parce qu'elle était votre patronne et qu'elle était riche! Et quand Maria a eu un enfant, cela vous a été égal de le laisser mettre en nourrice...

Dans ces moments-là, elle pleurait sans pleurer. Cela lui était très particulier. Elle faisait des grimaces, retenait ses sanglots et de temps en temps elle était obligée d'essuyer son nez qui coulait.

Elle était maigre. Elle était laide. Terlinck la regardait beaucoup plus qu'il ne l'écoutait.

— La vérité, c'est que vous détestez tout le monde et que vous n'aimez que vous!... Peu importe si Jef Claes est mort, du moment que sa mort a servi à abattre Léonard Van Hamme... Et tout à l'heure encore... J'en parlais à M. Postumus...

Elle aurait voulu rattraper ce bout de phrase, mais il était trop tard.

— Qu'est-ce que vous disiez à Postumus?

— Peu importe... Qu'est-ce que vous faites?... Lâchez-moi!... Vous me faites mal, Joris...

— Qu'est-ce que vous avez dit à Postumus?

— Je lui ai dit que c'était par orgueil que vous ne vouliez pas envoyer votre fille dans une maison de santé... Vous m'avez fait mal...

Elle regardait son poignet marqué d'un cercle rouge. Elle pleurait un peu plus nettement.

— Dieu sait comment vous finirez!... Avec vous, c'est toujours à recommencer... On croit qu'on est au bout de ses malheurs et vous déclenchez des malheurs nouveaux... Qu'est-ce que vous allez faire à Ostende avec cette petite?... Est-ce que vous oseriez

130

le dire ? Tout le monde le sait déjà à Furnes !... Et si elle n'était pas dans une position intéressante, on pourrait croire...

Il rit, d'un rire sec, en regardant le linoléum à ses pieds.

— Vous voyez bien que vous ne me répondez pas !... Savez-vous ce qui est arrivé à la mère de Jef ?

Il leva la tête, étonné, inquiet.

— Elle s'est mise à boire... Elle perd toutes ses places parce qu'elle va boire dans les estaminets, avec les charretiers...

— Il faut croire qu'elle aime ça, n'est-ce pas ?

Mais il l'avait mal dit. Si mal qu'elle s'en aperçut, qu'elle le regarda moins durement.

— Vous ne pourriez pas faire quelque chose pour elle ?

— Que voudriez-vous que je fasse ?

— Lui donner une petite place à l'Hôtel de Ville ou dans un service municipal...

— Vous voudriez que je donne une place à une femme qui boit ?

Il avait froid aux pieds, aux jambes. Il mit son pantalon, ses pantoufles, alla s'accouder à la cheminée.

— Quand vous aurez fini et que vous me permettrez de dormir, vous le direz...

— Quand je pense que vous allez tous les dimanches à la messe et que, le premier de l'an encore, vous avez communié !

Elle avait le nez long et étroit, pointu, les yeux beaucoup trop rapprochés. Il avait presque envie de se retourner pour se regarder dans la glace de la cheminée, pour s'assurer qu'il n'était pas devenu, avec le temps, aussi laid qu'elle.

— Vous avez toujours été un égoïste! Vous m'avez sacrifiée! Vous avez sacrifié Maria! Vous avez sacrifié votre fille! Vous avez sacrifié votre mère...

Il fronça les sourcils.

— Qu'est-ce que vous racontez?

— Je dis que...

— Je vous défends de parler de ma mère, vous entendez?

Elle flottait à travers la chambre, les nerfs à nu, avec l'envie de faire un geste, mais elle ne savait lequel.

Est-ce qu'ils étaient encore dans la ville, dans la vie de tous les jours? De quoi avaient-ils l'air, tous les deux, en tenue de nuit, près des lits défaits? Joris éternua. Il était en train de prendre froid. Elle le lui annonça, comme une menace.

— Vous feriez mieux de vous coucher!

Et elle aurait voulu s'appuyer à quelque chose, pleurer vraiment, une bonne fois, et non par petits coups comme elle le faisait depuis près de trente ans, fondre, devenir un autre être, entrer dans un nouveau cycle de pensées, dans une nouvelle vie.

Et cependant ils étaient dans leur maison, parmi les objets familiers, les odeurs familières! Le père Terlinck, avec sa casquette de marin, était au-dessus du lit, et la mère Terlinck, dans un cadre ovale, de l'autre côté. Thérésa avait ses portraits aussi, du

132

moins celui de son père, car on n'avait pas d'assez bonne photographie de sa mère pour l'agrandir.

— Pourquoi me regardez-vous comme ça? Qu'est-ce que vous pensez? Vous me haïssez, n'est-ce pas?

Il réfléchit avant de répondre, ouvrit la bouche. En fin de compte, il ne répondit pas.

— Vous voyez bien que vous me haïssez! Vous l'avouez! Vous m'avez toujours détestée! Et cela, parce que je vous empêchais, sans le vouloir, de mener la vie que vous espériez... Répondez-moi, Joris...

— Quoi?

— Un jour, nous...

L'émotion l'étranglait. Dieu sait quelles visions entrevoyaient ses yeux brouillés de larmes.

— Nous ne sommes plus jeunes... Un jour, tôt ou tard... un de nous deux...

Et, fondant complètement :

— Qu'est-ce que vous ferez, quand je serai morte?

— Je ne sais pas.

Il alluma un cigare qu'il venait de trouver sur la cheminée.

— Il y a des moments où je me demande si vous êtes aussi dur, aussi méchant qu'on le pense...

— Qui est-ce qui pense cela?

— Tout le monde... Vous savez fort bien que tout le monde a peur de vous... C'est parce qu'on a peur qu'on vous a nommé bourgmestre, car on savait que vous le vouliez et que vous y arriveriez malgré tout...

Et maintenant... Quand je pense que vous avez obligé Léonard à jeter sa fille à la porte...

— Je ne m'en suis même pas occupé...

— Vous savez bien que j'ai raison, Joris !... Vous savez que vous n'auriez eu qu'un petit mot à dire... Et justement, ce que je ne comprends pas, ce qui me fait peur, c'est que, maintenant, c'est vous qui allez à Ostende et qui... Qu'est-ce qu'elle dit ?

— Qui ?

— Lina !

Il y eut une étrange expression sur le visage de Terlinck. Et c'est d'une voix différente de sa voix habituelle qu'il prononça :

— Elle ne dit rien.

— Elle va bientôt accoucher, n'est-ce pas ?

— Je suppose... Sans doute dans un mois... Peut-être davantage...

Elle ne comprenait pas. Elle avait beau l'épier, le vriller de son regard qui avait l'habitude de le percer à jour, elle ne parvenait pas à comprendre.

— Vous n'êtes plus le même, Joris... Il y a des fois où je me demande si vous ne vous moquez pas des gens, de moi, de nous, de vous !... Et vous n'étiez pas comme ça avant... C'est ce qui me fait peur... Vous ne voulez vraiment pas me dire quelque chose ?

— Vous avez besoin de vous coucher !

Elle vit que c'était son dernier mot. Il fumait son cigare, le dos appuyé à la cheminée, et il regardait drôlement autour de lui, il regardait comme quelqu'un qui ne voit pas les objets de la même manière que les autres.

Elle était lasse. Elle avait mal aux reins. Elle était encore plus malade de toutes ces larmes qui n'avaient pas voulu sortir, de cette scène qui avait fait long feu et qui finissait bêtement, comme toujours.

Elle se coucha, chercha longtemps sa position, questionna humblement :

— Vous n'éteignez pas ?

Elle l'entendait presque penser. Il était toujours là, à la même place, dans sa chemise de nuit blanche au col bordé de pattes de poules rouges, avec son pantalon noir, ses pieds nus dans ses pantoufles et il n'éteindrait que quand il en aurait envie.

Elle soupira, se couvrit jusqu'aux yeux, ne laissant qu'un petit jour dans la couverture pour respirer.

Elle ne voyait pas le tas qu'elle formait, couchée ainsi en chien de fusil ; elle ne savait pas non plus qu'une mèche de cheveux toute grise, se détachait des autres.

Elle essayait de dormir. Elle reniflait. Elle ouvrait les yeux de temps en temps, et chaque fois elle retrouvait le choc brutal de la lumière.

Il fumait toujours. Elle n'avait pas pu obtenir qu'il évitât de fumer dans la chambre et, toute la journée, l'air sentait le cigare refroidi.

Elle était glacée. A certain moment, quand elle souleva les paupières, elle le vit de dos qui s'était campé devant la fenêtre. De la main, il avait écarté le rideau et il regardait la place dont les pavés étaient argentés par la lune.

C'était un étrange désert, comme la mer, comme la

dune. L'horloge de l'Hôtel de Ville formait un disque roussâtre et quelqu'un marchait dans une rue.

— Joris... appela-t-elle faiblement.

Il n'y eut pas de réponse et elle dut s'endormir. Du temps passa. Elle sentit que quelqu'un était debout devant elle, que des yeux la fixaient. Lentement, avec précaution, elle entrouvit un œil et elle sut que c'était lui, toujours debout, en pantalon et en chemise, qui finissait son cigare en la regardant.

Le cigare fini, il alla en écraser le bout sur la cheminée. Il se coucha.

Soudain le réveil fit retentir sa sonnerie et elle sursauta, regarda autour d'elle avec angoisse, sauta du lit, se précipita vers le lit de fer de Terlinck.

Pourquoi venait-elle de penser soudain qu'il ne serait plus là ?

Il y était, le torse découvert, et son souffle régulier faisait frémir les poils roux de ses moustaches où il y avait des brins argentés.

Maria se levait, à l'étage au-dessus. Toute une orchestration de bruits, dehors, avertissait que c'était jour de marché.

Elle viendrait s'habiller après, comme les autres matins. Elle passait d'abord sa robe sur ses vêtements de nuit pour que les pièces d'en bas fussent prêtes quand *il* se lèverait.

DEUXIÈME PARTIE

I

Que lui importait d'être vu, puisque personne n'admettrait jamais la vérité ? Il aimait cette place, dans l'angle de la banquette, près de la fenêtre du café, si près que de l'extérieur il devait donner l'impression d'un personnage de panneau-réclame. Il avait devant lui un demi entamé, son étui à cigares, son bout d'ambre et des allumettes.

— Vous m'avez appelée, monsieur Jos ?

M. Jos, c'était lui ! Encore une chose que personne ne croirait à Furnes ! C'était Manola qui lui avait donné ce surnom, parce qu'elle ne trouvait pas d'autre diminutif de Joris et qu'elle éprouvait le besoin de donner des petits noms à tout le monde.

— Je vous ai appelée, madame Janneke !

Elle s'était levée en soupirant, car elle était énorme, et ses mains embarrassées de tout le tricot rose pâle qu'elle avait auparavant dans son giron.

— Est-ce que, si ce n'était pas fini dans une demi-heure, vous pourriez me cuire une côtelette ?

— Naturellement, monsieur Jos ! Avec des frites,

même, si vous voulez! Je vais tout de suite à la cuisine...

— Non! Attendez encore un peu...

L'horloge, juste devant lui, marquait cinq heures. Il calculait : depuis neuf heures du matin, cela faisait... huit heures, en somme!

— Vous vous languissez, n'est-ce pas, monsieur Jos?

Il savait déjà qu'elle allait s'asseoir devant lui. Elle y mettait le temps. Sa place, à elle, était près du poêle, à côté du fauteuil d'osier qui ne servait qu'au chat. Mais dès qu'un client était installé, la même comédie commençait. Elle parlait un peu, debout, avec un air bonasse. Quelquefois elle continuait à tricoter. Si c'était quelqu'un qu'elle ne connaissait pas, elle lui demandait s'il était d'Ostende, si c'était la première fois qu'il y venait, s'il avait fait bon voyage, tout ça avec autant de chaud intérêt que si elle eût été en face d'un proche parent.

On ne s'apercevait même pas du moment exact où elle glissait doucement, où elle raccourcissait, en somme, pour se trouver enfin avec un morceau de son gros derrière sur la chaise. Et, pour détourner l'attention, elle comptait les points, trouvait une phrase à dire, souriait avec bienveillance.

— Elle est bonne, la bière, n'est-ce pas?

Et, après chaque bout de phrase, elle répétait :

— N'est-ce pas?

Car elle voulait être d'accord avec tout le monde!

— Il ne faut pas vous étonner, n'est-ce pas, monsieur Jos... Moi, j'en connais une, la fille de la marchande de lait, tenez, qui est restée deux jours entiers dans les douleurs... Cela n'empêche pas son garçon d'être aussi beau que n'importe qui... C'est une affaire de hasard, n'est-ce pas ?

On était en avril. Les jours s'étaient allongés et le port, dans le cadre de la fenêtre, était doré par le soleil couchant, avec la gare maritime figée comme sur une carte postale, les porteurs, en bleu, qui guettaient les voyageurs, les tramways jaunes et rouges qui passaient et donnaient un coup de frein criard au tournant de la rue.

Terlinck alluma un nouveau cigare et, bien qu'il eût toujours l'horloge devant lui, il regarda l'heure à sa montre.

La vérité, celle qu'on ne croirait pas, c'est qu'il y avait à peine huit jours qu'il leur avait adressé la parole !

Cela n'empêchait pas ceux du « Vieux Beffroi » de prendre un air malin dès que quelqu'un, pour une raison ou pour une autre, prononçait le mot Ostende. On regardait Terlinck, ou bien on détournait la tête, ce qui signifiait exactement la même chose. Ils étaient, ces hommes mûrs ou âgés, comme des gamins qui s'excitent par des allusions aux questions sexuelles, et Joris ne bronchait pas, continuait à fumer, calme, pas même méprisant.

Jusqu'à sa femme qui se mêlait de soupirer quand il rentrait et il suffisait de regarder Maria, derrière la porte de sa cuisine, pour deviner que l'instant d'avant on parlait de lui. De lui qui allait à Ostende! De lui qui devenait une sorte de mauvais homme, de monstre aux passions honteuses!

Si elles l'avaient vu! Il laissait sa voiture de l'autre côté du quai, à cause du sens unique et, en traversant la chaussée, il jetait un petit coup d'œil aux fenêtres.

On aurait dit un fait exprès : depuis janvier, il avait à peine plu. Et pas à Ostende! Chaque fois qu'il y venait, le temps était clair, le ciel nacré, à croire à la réalité des paysages peints sur coquillages qu'on vendait sur la digue.

Pourquoi le simple fait d'arriver à Ostende était-il devenu un plaisir, un soulagement? On déchargeait le poisson des barques de pêche, sur sa droite. Et devant lui, entre deux cafés, se dressait la grande maison jaune. Au rez-de-chaussée, on vendait des cordages, des articles de marine et, en passant sur le trottoir, on respirait une bouffée de goudron.

Il y avait une porte particulière, à gauche du magasin. Elle restait toujours entrouverte, laissant voir un corridor peint en faux marbre, un faux marbre rougeâtre.

Il savait comment étaient les chambres du premier qu'il avait vues le matin, quand toutes les fenêtres étaient ouvertes pendant le nettoyage, avec les matelas et la literie sur les appuis.

Il y avait une très grande pièce, la chambre de Lina. Très grande et très claire, à trois fenêtres. Les meubles étaient vieillots, mais c'était une vieillesse différente de celle des meubles de Furnes, une vieillesse coquette, des toiles à ramages, des petits volants aux rideaux, des mousselines, des bibelots charmants.

— Bonjour, monsieur Jos !

Il s'asseyait, dans son cadre, et elle lui apportait un verre de bière.

Elle devait avoir deviné pourquoi il venait à heure fixe et pourquoi il se levait dès que certaine personne passait sur le trottoir, mais pendant longtemps il n'en avait jamais été question entre eux.

Souvent Manola venait chercher son amie. Elle marchait en se dandinant, en remuant beaucoup d'air, avec toujours des fourrures qui voltigeaient autour d'elle dans une odeur de poudre de riz.

Puis toutes les deux se dirigeaient vers la digue où elles se promenaient en se racontant des histoires et en se retournant sur les hommes.

Elles étaient gaies, pouffaient pour un oui pour un non et on entendait de loin le rire aigu de Manola. Lina n'avait pas honte de son ventre, ne paraissait pas en souffrir, ne faisait rien pour le cacher, bien au contraire.

Jusqu'à cinq heures environ, elles restaient assises sur un banc. Le marchand de cacahuètes, en veste blanche, s'approchait d'elles familièrement, car Lina était gourmande de cacahuètes et lui en achetait tous les jours.

Puis elles se levaient, gagnaient une rue calme, derrière le Casino, où on devinait une sourde musique derrière des rideaux de soie crème.

Toutes deux entraient alors au « Monico ».

C'était tout. Il y avait sans nul doute des gens, surtout parmi les femmes qui passent leur après-midi sur la digue à surveiller leurs enfants, probablement aussi le marchand de cacahuètes et la loueuse de chaises, pour avoir remarqué le manège de Terlinck. Et ceux-là le prenaient à coup sûr pour un de ces hommes d'un certain âge qui suivent les jeunes filles dans la rue.

Cela lui était égal. Il savait, lui, que ce n'était pas vrai, que ce n'était pas du tout la même chose.

A quoi bon s'inquiéter de ce que pensaient les autres ?

Kempenaar, par exemple !... La veille, justement... Il avait pris son air le plus troublé pour glisser sur le sous-main du bourgmestre les procès-verbaux transmis comme chaque jour par le commissaire de police... Il avait soupiré...

— Elle a encore fait des bêtises, avait-il murmuré.

Toujours la mère de Jef Claes ! C'étaient de vraies neuvaines pendant lesquelles elle ne dessoulait pas et elle avait pris l'habitude, dans ces occasions, de s'en prendre aux agents !

— C'est une malheureuse, n'est-ce pas, Baas ? Je suppose que vous n'allez pas lui infliger une amende ?

— Pourquoi ? avait-il questionné froidement.

— Parce que c'est une pauvre femme qui...

— La loi est la loi pour tout le monde, monsieur Kempenaar !

Il n'avait pas déchiré le procès-verbal. Il n'ignorait pas ce que Kempenaar pensait. Peut-être l'avait-il fait exprès ?

Seulement, une fois à Ostende, il était entré au bureau de poste et avait envoyé un mandat anonyme de cinquante francs à la mère de Jef.

Pas par bonté ! Ni par pitié ! Parce que ça lui plaisait, un point c'est tout !

Et c'était ce jour-là, comme par hasard, qu'il était *entré*. C'était décidé depuis longtemps. Malgré lui, il avait jeté un coup d'œil d'un côté de la rue, un coup d'œil de l'autre. Il avait regardé dans les yeux, comme pour défier l'ironie, le chasseur planté sur le seuil.

— Vestiaire, monsieur ? Vous ne vous débarrassez pas ?

Non ! Il entrait, tel qu'il était, avec sa courte pelisse qu'il portait jusqu'à Pâques, son bonnet de loutre qu'il gardait sur la tête, son gros cigare, et il avait l'impression d'être beaucoup plus grand, plus volumineux que d'habitude.

Cela tenait à ce que tout autour de lui était frêle : une curieuse pièce, moitié salon de thé, moitié dancing, avec rien que des choses pâles et soyeuses, comme capitonnées, et une odeur sucrée qui se mêlait à des relents de femme coquette.

On chuchotait, on riait du bout des dents ; les musiciens étaient assis derrière des bannières de soie et portaient des vestes mauves.

Il traversa tout l'espace vide et ciré qui servait à la danse et s'assit à la table qu'on lui désigna et qui était couverte d'une nappe.

— Un thé complet?

Il se laissa servir un thé complet et retira son bonnet de fourrure. Juste en face de lui, de l'autre côté de la piste, Manola pouffait en le regardant et il ne broncha pas, ne détourna pas les yeux.

Qui croirait que cela s'était passé de la sorte? Il restait calme, buté, tout d'une pièce. On lui servait du thé avec des toasts et des confitures. L'orchestre commençait à jouer une musique assourdie et un jeune homme en smoking s'approchait de Manola pour l'inviter.

C'était une belle fille, une vraie Flamande charnue, rose et gaie; c'était aussi une vraie femme entretenue, soignée jusqu'en ses moindres détails, répandant autour d'elle une atmosphère de plaisir rare et délicat.

Où Lina l'avait-elle rencontrée? Sans doute sur la digue, et elles étaient devenues amies, elles ne se quittaient pour ainsi dire plus, sauf les jours où l'ami de Manola venait de Bruxelles.

Qui aurait pu dire à quoi Terlinck pensait en regardant Lina restée seule sur la banquette de velours cramoisi?

Eh bien! il pensait:

« J'espère qu'elle ne va quand même pas danser! »

Il était déjà de mauvaise humeur à l'idée qu'elle pourrait le faire. C'était presque un ordre qu'il mettait dans son regard. Était-ce comique ? Manola qui passait près de lui au bras de son danseur l'observait curieusement et murmurait quelque chose à son partenaire. La danse finie, elle reprenait sa place et parlait à Lina. Elle parlait de lui. Lina l'examinait, parlait à son tour. Il était évident qu'elle disait :

— Je le connais. C'est Joris Terlinck, le bourgmestre de Furnes !

La musique recommençait et cette fois c'était Lina que le danseur invitait. Pensait-elle qu'elle était presque à terme ? Pas du tout ! Elle se levait ! Elle n'avait pas honte ! Elle ne trouvait pas ridicule de danser avec un gros ventre qu'était loin de cacher sa robe de soie noire.

Il était vraiment furieux. Il s'agitait à sa place. Il buvait une gorgée de thé trop chaud, regardait Manola d'un air de reproche. N'aurait-elle pas dû empêcher son amie...

Voilà ! Il était loin de se douter que, dans un quart d'heure à peine, il serait assis à la table des deux jeunes filles. Cela se passa à peu près ainsi : en le frôlant, au bras de son danseur, Lina esquissa un léger salut. Pas tout à fait un salut, parce qu'elle ne savait pas s'il la reconnaissait et s'il tenait à être reconnu ; mais quelque chose quand même, une imperceptible inclinaison de la tête.

Elle devait croire, et Manola aussi, qu'il était là en quête d'une petite femme !

Elle se rassit. Toutes deux bavardèrent à nouveau et à nouveau pouffèrent. C'était toujours Manola qui donnait le signal. Elle ne pouvait rester cinq minutes sans dire une phrase qui la faisait rire aux éclats et elle montrait alors des dents éblouissantes, une bouche d'un rose que Terlinck ne se souvenait pas d'avoir vu chez un être humain, un rose frais, humide, fondant.

Il se leva. Ce n'était pas prémédité. Il ne réfléchissait pas à ce qu'il faisait. Il traversa la piste, se trouva devant les deux femmes.

— C'est de moi que vous riez, mademoiselle Van Hamme?

Elle en avait la respiration coupée. Il était debout, très grand, tout près. Elle levait les yeux, balbutiait :

— Bonsoir, monsieur Terlinck...

Et aucun des trois ne savait que faire.

— Mon amie Manola...

La musique reprit, des couples envahirent la piste. Comme Terlinck était dans leur chemin, il s'assit, machinalement.

— Vous croyez que c'est prudent de danser dans l'état où vous êtes?

— Pourquoi ne danserais-je pas?

Et Manola d'intervenir :

— Du moment qu'elle en a envie, c'est que ça ne peut pas lui faire de tort!

Elle lui tendit sa cigarette. Il ne comprit pas tout de suite ce qu'elle voulait. Elle dut insister :

— Cela ne vous ferait rien de me donner du feu?

— Vous venez souvent à Ostende? interrogeait Lina.

Elle était un peu gênée par son regard, car il ne

pouvait s'empêcher de tenir les yeux fixés sur elle et on le sentait perdu dans ses pensées. Il nageait.

Il n'était pas réprobateur comme elle aurait pu le penser étant donné sa réputation à Furnes. Non! C'était presque le contraire : un étonnement émerveillé.

Ce qui étonnait le plus Terlinck, c'était encore que Lina fût la fille de Léonard Van Hamme! Et qu'elle eût vécu à Furnes jusqu'à ces derniers mois! Que personne n'eût rien soupçonné! Qu'on l'eût prise pour une jeune fille comme une autre!

— Je suppose que vous ne dansez pas? fit-elle pour dire quelque chose.

Elle prenait une cigarette dans l'étui en or de Manola, tendait le visage vers Terlinck pour qu'il flambât une allumette.

— Je ne danse jamais, non.

S'il avait dansé, aurait-elle vraiment dansé avec lui?

— Je vous jure que je ne m'attendais pas à vous rencontrer ici! Tu ne peux pas comprendre, Manola... Il faut l'avoir vu à Furnes... C'est tout juste, tant il est sévère, s'il ne fait pas peur aux petits enfants... Avec ma cousine, nous l'appelions Croquemitaine et quand il passait on lui tirait la langue... Vous n'êtes pas fâché que je vous dise ça?...

Est-ce qu'elle pensait encore à Jef Claes qui était mort voilà à peine cinq mois? Elle était gaie. Il l'avait toujours vue gaie! D'une gaieté naturelle, qui jaillissait de tout son être. Peut-être regrettait-elle que la présence de Terlinck empêchât les danseurs de l'inviter ?

Une marchande de fleurs, sa corbeille au bras, s'arrêta près de Terlinck, tendit des bouquets aux deux femmes. Il ne réagit pas aussitôt. Gêné, il tira enfin son gros portefeuille de sa poche.

Il leur avait acheté des fleurs ! Des œillets rouges qu'elles reniflaient machinalement. Et il en ressentait un trouble étrange.

— Vous permettez que j'aille danser ? murmurait Manola en se levant.

Il fut encore beaucoup plus troublé quand il resta seul à seul avec Lina.

— Vous avez l'air de penser loin ! remarqua-t-elle.

Et soudain, inquiète :

— Ce n'est pas mon père qui vous a envoyé ici, au moins ?

— Vous oubliez que j'ai toujours été au plus mal avec Léonard !

— Vous étiez le patron de Jef, n'est-ce pas ?

Et ce fut tout honteux qu'il bafouilla :

— J'étais son patron.

— Je me demande ce qui lui a pris... Il est vrai qu'il a toujours été un peu fou...

Ainsi ils étaient là, dans un salon de thé, et elle lui parlait posément de Jef, en respirant toujours les œillets que Terlinck venait de lui offrir !

Qui, à Furnes, le croirait s'il le racontait ? Et lui-même, chez lui, ce soir, quand il s'en souviendrait, serait-il encore sûr de la réalité d'une pareille scène ?

Autour d'eux tout était doux, irréel. Or, quelques

heures plus tôt, parce que c'était le jour, Terlinck s'était glissé dans la chambre de sa fille, avec le seau, le torchon, la brosse, en bêtifiant comme il le faisait chaque fois :

— Elle est bien sage... Oui, la fifille sera bien sage aujourd'hui...

... En détournant les yeux du corps nu, maigre et livide, étendu sur la paillasse...

— Je lui ai toujours dit qu'il était trop exalté...

Lina disait cela d'une voix sereine et son regard suivait les couples sur la piste.

— En tout cas, je suis contente d'être partie ! Si j'étais restée à Furnes...

Elle n'acheva pas sa pensée et fit tomber la cendre de sa cigarette dans un cendrier de porcelaine bleue. Puis Manola, animée par la danse, reprit sa place et, machinalement, entreprit un nouvel examen de Terlinck.

— Qu'est-ce que vous racontez, tous les deux ?

— Rien... On parlait de Jef...

— Pauvre garçon !... Je boirais bien un verre de porto, moi... Ce thé est mauvais...

Ils burent du porto, tous les trois. Et le lendemain, à la même heure, Terlinck poussait la porte du « Monico » ! Il hésitait un peu, se dirigeait vers la table des deux femmes où Manola l'accueillait déjà familièrement.

Il est vrai qu'elle était familière avec tout le monde. Elle tutoyait le garçon et le chef des musiciens qu'elle appelait de temps en temps pour lui demander un de ses morceaux favoris.

— Vous croyez, mademoiselle Lina, que c'est prudent de danser encore aujourd'hui ?

— Qu'est-ce que cela peut faire ? Du moment que je ne sens rien !

Il ne comptait pas les jours, certes, mais il l'observait avec une inquiétude comique ; on devinait qu'il pensait :

— C'est curieux qu'elle ne soit pas plus abattue ! On dirait qu'elle ne souffre pas ! Pourtant, c'est pour bientôt, peut-être pour cette semaine...

Mme Terlinck, elle, avait été affreusement malade.

— Voici votre côtelette, monsieur Jos !... Vous voyez que je vous ai préparé un bon plat de frites... Une grande pièce d'homme comme vous, ça doit manger...

Elle alluma les lampes, car le soir tombait et les becs de gaz pointillaient déjà de jaune le paysage bleuté.

— Ne faites pas une tête comme ça, voyons ! Les hommes, c'est toujours trop impatient ! Ça voudrait qu'on leur fasse un enfant comme de boire un demi...

Elle alla reprendre sa place près du feu, saisit le tricot rose sur lequel le chat s'était couché.

— Je suis sûre que ça marchera comme sur des roulettes...

La porte s'ouvrit, le timbre déjà familier à Terlinck retentit, Manola entra, sans manteau, sans chapeau et, dès la porte, répondit au regard anxieux de Joris par un signe négatif.

Puis, en camarade, elle s'assit à sa table, chercha Janneke des yeux.

— Vous me donnerez une côtelette et des frites aussi !

— Tout de suite, mademoiselle...

Manola expliqua :

— Le docteur espère que dans une heure ou deux ce sera fini... Dites donc ! Vous êtes tout pâle...

Elle aussi, à vrai dire, mais elle s'efforçait de dissiper son malaise, se regardait dans la glace et arrangeait ses cheveux :

— Elle souffre beaucoup ?

— Si vous croyez que c'est rigolo !

Il continuait à manger, machinalement. Les frites étaient croustillantes, mais il ne s'en apercevait pas. Il ne remarqua pas non plus que Manola buvait une grande gorgée à son verre de bière.

— Vous me donnerez de la bière, Janneke ! Et un nouveau verre pour M. Jos !

C'est elle qui l'avait baptisé ainsi, avec l'air de bien l'aimer.

Tout comme Janneke, n'aimait-elle pas tout le monde ?

— Il est rigolo, avec son bonnet et sa pelisse ! avait-elle dit le premier jour. Tu le crois amoureux de toi ?

— Lui ?... Tu es folle ?...

— Alors, que vient-il faire au « Monico » ?

Oui, que venait-il faire ? Le savait-il lui-même ? Il

y avait chez lui, quand il était à Ostende, quelque chose de doux, de timide. D'humble, plus exactement ! Il s'approchait des deux femmes et semblait les implorer de lui faire une petite place.

— Je ne vous dérange pas ?

Et, quelques instants plus tard :

— ...Parce que, si je vous dérangeais...

Manola éclatait de rire.

— On ne se gênerait pas pour vous le dire, monsieur Jos ! En attendant, vous feriez mieux de me donner du feu...

Cette histoire de feu le faisait rougir à chaque fois. Toutes les dix minutes, elle prenait une cigarette dans son étui. Il aurait dû s'en apercevoir, d'autant plus qu'elle le regardait. Mais non ! Elle était obligée de lui lancer :

— Alors, monsieur Jos, vous ne voyez pas que j'attends ?

— Je vous demande pardon...

Il était distrait et pourtant il ne pensait à rien de précis. Il contemplait Lina dont le visage était toujours aussi plein, vrai visage de jeune fille, rose, duveté, égayé de deux fossettes. Il tressaillait soudain. Il lui semblait entendre la sonnette de chez lui, le soir, le soir où, précisément, Jef Claes...

Et pourtant elle souriait et ils étaient là dans une douce ambiance de musique, dans une odeur sucrée de porto et de gâteaux à la crème !

— Il ne faut pas que je vous empêche de danser...

Certaines fois, il restait bien sagement, tout seul, à la table, pendant qu'elles dansaient toutes les deux.

Et quand, un peu plus tard, il conduisait sa voiture sur la route de Furnes, il laissait la glace baissée pour aspirer l'air frais qu'exhalait la mer, cherchait les petits points lumineux dans le noir moiré, le passage furtif du pinceau blême des phares.

Thérésa le regardait en dessous pendant qu'il mangeait, soupirait de temps en temps, commandait d'une voix lamentable :

— Servez la suite, Maria !

Parfois il lui semblait, à lui, qu'il avait emporté un peu de parfum des deux femmes. Il cherchait cette odeur sur lui, sur ses revers, sur ses doigts.

— Vous sortez, Joris ?

— Je vais chez Kees, oui !

Comme toujours ! Et il s'asseyait à la même place, non loin des joueurs dont il suivait la partie. Il allumait lentement son cigare, dont il gardait la cendre intacte le plus longtemps possible.

— C'est vrai qu'il y a eu un accident de tram aujourd'hui à Ostende ?

C'était Steifels, surtout, qui s'acharnait de la sorte, avec son faux air de pince-sans-rire, sans jamais regarder Joris. Et celui-ci ne bronchait pas. Il savait que tous comprenaient. Quelqu'un murmurait :

— Dans les grandes villes, il y a tous les jours des accidents !

Kempenaar chantait à chaque séance récréative du patronage et sentait toujours aussi mauvais. Mais il y avait dans ses yeux une lueur nouvelle quand il apportait le courrier à Terlinck.

Il restait respectueux, certes, d'un respect onctueux comme ses mains éternellement moites.

— Bonsoir, Baas !

— Bonsoir, monsieur Kempenaar !

Et Kempenaar était content dans le secret de son être, ses gros yeux luisaient, il passait de temps en temps les doigts sur ses lèvres dans un geste de jubilation.

— Le président du syndicat est venu deux fois hier après-midi... Il a annoncé qu'il reviendrait aujourd'hui... Est-ce que vous serez à l'Hôtel de Ville ?

— Peut-être...

M. Kempenaar était content, content ! En rentrant dans son bureau, il s'adressait des clins d'œil par le truchement d'un morceau de miroir posé au-dessus de la fontaine d'émail, près de l'essuie-mains qui avait la même odeur rance que sa personne.

— Si vous voulez encore des frites, vous pouvez manger les miennes. On m'en a servi beaucoup trop...

On pouvait se demander comment Janneke gagnait sa vie, car on ne voyait pas âme qui vive dans son café. Ou alors c'étaient des clients comme Terlinck, plutôt des amis qui venaient s'asseoir près du feu et buvaient un demi en bavardant avec elle.

— Qu'est-ce que vous avez dit de mes frites ? protestait-elle de la cuisine. Elles ne sont pas bonnes ?

156

— Mais si, Janneke, elles sont bonnes! J'ai seulement dit qu'il y en avait trop...

— Ça vaut mieux trop que trop peu, n'est-ce pas?

Le regard de Manola se posa sur la main de Terlinck crispée sur la nappe en papier. Puis elle observa son visage et ne rit pas.

— Ne vous faites pas autant de mauvais sang, monsieur Jos! Puisque je vous affirme que tout va bien!...

Elle comprenait mal. Il lui arrivait de le regarder comme elle le faisait maintenant, d'un air songeur. Puis elle lâchait un bout de phrase qui révélait ses préoccupations.

— C'est vrai que vous avez une fille?

— C'est vrai.

— Comment est-elle?

Elle était passée par Furnes, une fois, en auto, avec son ami, sans s'intéresser à la ville. Elle se souvenait d'une place immense, avec de tout petits pavés et des maisons à pignon dentelé.

— Vous trouvez que le père de Lina a agi proprement, vous? Remarquez que c'est heureux pour elle, car elle est plus tranquille ainsi...

Parfois Terlinck tendait l'oreille comme si, du café, il pouvait entendre les bruits de la maison voisine. Manola cherchait toujours à savoir ce qu'il pensait, pourquoi il venait chaque jour et pourquoi il se montrait si gentil.

Un moment, elle avait cru que c'était pour elle. Mais non! Quand il lui parlait, c'était toujours de Lina.

N'était-ce pas encore plus extraordinaire ?

— Vous croyez que son père essayera de voir l'enfant ?

— Il n'essayera sûrement pas !

— Pourquoi Jef a-t-il fait ça, alors qu'il lui était si facile de s'en aller avec Lina ?

Il tressaillit, la regarda durement.

— Pourquoi ? répéta-t-il.

— Oui ! Lina m'a dit qu'elle serait volontiers partie avec lui...

— Il n'avait pas de situation.

C'était le Terlinck de Furnes qui venait de parler et il en fut frappé lui-même. Les mots avaient un drôle de son. Manola s'étonnait.

— Qu'est-ce que ça peut faire ? Est-ce qu'il en a une, à présent ?

Il eut l'impression que de l'air frais passait par la vitre. Il soupira, repoussa son assiette, alluma un cigare.

Il y avait des moments où il se demandait, lui aussi, ce qu'il faisait là et où le décor lui semblait irréel. Il fixa le chat roulé en boule sur le coussin rouge du fauteuil d'osier. Le chat ronronnait et le poêle ronflait. Qu'avait-il à voir, lui, Terlinck, avec cette quiétude·à laquelle il était étranger ?

— Alors, monsieur Jos, vous avez bien dîné ?

Et cette Janneke qui lui parlait si familièrement, avec une cordialité de vieille camarade, comme si elle le connaissait vraiment !

— Vous ne montez pas voir ?

Il y avait trop longtemps à son gré que Manola

était descendue. Il regardait le plafond comme si la chambre de Lina eût été juste au-dessus.

— S'il y avait du nouveau, on viendrait me prévenir...

Alors il fixa la porte. Il était mal à l'aise. Il avait envie de marcher. Il lui arrivait d'avoir envie de prendre son auto et de rentrer à Furnes en jurant de ne jamais remettre les pieds à Ostende.

Et voilà que la porte s'ouvrait. Une petite vieille en tablier regardait autour d'elle, adressait de grands gestes à Manola.

Il comprit en même temps que celle-ci. Ses traits se détendirent.

— Un garçon ? questionnait Manola...

— Une fille...

Lui se mordait la lèvre, cherchait une contenance, posait son cigare, saisissait son verre et buvait, buvait jusqu'au bout.

— Je vais vite là-haut... Vous viendrez la voir demain ?...

Elle fronça les sourcils devant sa pâleur.

— Qu'est-ce que vous avez ?

— Rien... Rien... grommela-t-il. Janneke !... Combien vous dois-je ?

Les stores des trois fenêtres étaient baissés, formaient des écrans d'un beau jaune doré sur lesquels s'agitaient des ombres.

Terlinck fit claquer la portière de sa voiture.

A Furnes, dans la salle à manger, son couvert était toujours mis. Thérésa cousait, sous la lampe. Maria épluchait les pommes de terre pour le lendemain.

A l'entrée de Joris, elle fit glisser les épluchures de son tablier, s'approcha du fourneau.

— J'ai dîné ! annonça-t-il.

Et cela fit comme un petit choc dans la maison.

II

Quand elle descendit à six heures du matin pour allumer le feu, Maria vit de la lumière sous la porte de ses patrons et s'arrêta, tendit l'oreille. Le palier était obscur et froid. Il avait venté toute la nuit et une gouttière, quelque part, n'avait cessé de heurter un mur à une cadence horripilante.

Il sembla à Maria que quelqu'un gémissait faiblement ; puis elle entendit sur le linoléum le pas caractéristique du Baas quand il arpentait la chambre en pantoufles.

Elle gratta à la porte. Comme on ne l'entendait pas, elle fit tourner le bouton, espérant qu'on s'en apercevrait.

Et la porte s'ouvrit, en effet. Terlinck était dans l'encadrement, les cheveux ébouriffés, les bretelles sur les cuisses, pieds nus dans ses pantoufles avec, autour du cou, les pattes de poule rouges de sa chemise de nuit. Maria regarda le lit, souffla :

— Ça ne va pas ?

Et c'est alors qu'elle fut impressionnée. Elle se tourna à nouveau vers Terlinck et eut brusquement la sensation qu'il y avait quelque chose de changé en lui. Elle n'aurait pas pu préciser quoi. Maintes fois, il lui était arrivé de soigner sa femme et elle l'avait surpris dans la même tenue négligée, moustaches tombantes et joues râpeuses.

Ce qui était frappant, ce matin-là, c'était son calme, son détachement. Il était tout près et il paraissait très loin, ou encore séparé de Maria comme une plaque de verre. Il lui disait avec indifférence :

— Vous irez chercher le Dr Postumus.

— Tout de suite ?

— Tout de suite.

Maria, avant de sortir, eut le temps d'apercevoir l'œil de Thérésa qui les épiait anxieusement.

La crise s'était déclarée vers quatre heures du matin. Après un quart d'heure de gémissements étouffés, Thérésa avait appelé :

— Joris !... Joris !... Je crois que je vais mourir...

Il s'était levé, sans s'affoler, sans ronchonner. Il avait allumé. Après un coup d'œil à sa femme, il s'était habillé à moitié car, avec ce vent, portes et fenêtres fermées, il pénétrait encore des courants d'air dans la chambre.

Terlinck n'avait pas l'idée d'appeler Maria. Il y avait un petit réchaud à alcool sur la cheminée, un poêlon d'émail bleu.

Les deux mains sur le ventre, Thérésa gémissait d'une façon régulière, avec parfois un ululement plus aigu correspondant à une recrudescence de douleur.

— Levez votre chemise, que je vous mette une compresse.

Pendant deux heures, il avait renouvelé les compresses chaudes, sans rien dire, avec l'air de penser à autre chose, tandis que de son côté sa femme ne cessait de scruter son visage. Parfois, quand il avait remis de l'eau dans le poêlon, il allait s'asseoir sur son lit et attendait en regardant par terre, ou en regardant la cheminée, n'importe quoi.

— Je suis sûre que c'est un cancer, Joris... Déjà quand j'étais toute petite je savais que je mourrais d'un cancer...

— Ne dites pas de bêtises, voulez-vous ?

Bien sûr que c'était un cancer ! Un cancer à l'intestin ! Mais il n'y avait rien à faire.

On entendit claquer la porte d'entrée et tout de suite des voix envahirent le corridor. Maria avait trouvé le Dr Postumus qui revenait d'un accouchement à la campagne et qui l'avait suivie aussitôt.

Il sourcilla, lui aussi, en face de Terlinck, prit sa voix professionnelle pour s'adresser à la malade.

— Alors, ça ne va pas ? Nous faisons une petite crise ?

Thérésa le fixait, fixait ensuite Joris et sa mimique était si expressive que celui-ci haussa les épaules.

— Je vous attends en bas, docteur, annonça-t-il.

Il s'installa dans son bureau, choisit un cigare dans une boîte, s'assit à sa place habituelle, le dos au foyer à gaz qu'il avait allumé. Il resta là plus d'un quart d'heure à ne rien faire et son visage avait toujours cette absence d'expression qui avait frappé Maria.

On parlait, au-dessus de sa tête. Parfois la voix sourde et tranquille de Postumus, plus souvent une sorte de complainte pathétique de Thérésa. On devait l'ausculter. Elle remuait, sur le lit, laissait échapper des plaintes. Le jour naissait doucement sur la place vide où le vent faisait tournoyer des morceaux de papier.

Quand Postumus descendait, Joris ouvrit sa porte, le fit entrer dans son bureau. Et, comme on ne le questionnait pas ainsi qu'il s'y attendait, le docteur baissa la tête.

— Elle a peur, n'est-ce pas ? prononça enfin Terlinck en reprenant place dans son fauteuil.

— Je pense qu'elle se rend compte de son état. Je lui ai affirmé que ce n'était rien, mais elle ne me croit pas.

— Et elle vous a dit qu'elle avait peur de rester clouée sur son lit ! Vous savez de quoi elle a peur exactement, Postumus ?

Et, comme il détournait le visage :

— Vous le savez, puisqu'elle vous l'a dit !... Elle a peur de moi... Peur d'être réduite à l'immobilité, là-haut, sans défense contre moi... C'est une femme qui a toujours eu peur de quelque chose... Que vous a-t-elle demandé ?

Postumus ne savait comment se tenir.

— C'est-à-dire qu'elle m'a parlé de sa sœur qui vit à Bruxelles... Il est évident que si Mme Terlinck doit rester longtemps au lit, il serait peut-être utile...

— Elle vous a dit que je n'accepterais pas, avouez-le ! Elle a prétendu que je déteste sa sœur comme je la déteste, elle !... Mais si, Postumus !... Pourquoi faites-vous cette tête ?... J'ai l'habitude, vous savez ! Voilà trente ans, moi, que je suis son mari...

— Je vous conseille aussi de lui donner une chambre séparée...

— Vous pensez qu'elle ne se relèvera plus ?

— Elle peut traîner des mois, peut-être des années, avec des hauts et des bas...

Terlinck haussa les épaules :

— On fera venir sa sœur de Bruxelles !

C'était justement ce détachement qui étonnait. Il vous regardait comme sans vous voir et le docteur battait en retraite en balbutiant.

— Le café est prêt, Maria ?

Terlinck alla se servir dans la cuisine, prit un broc d'eau chaude pour se raser et monta.

— Je vais prévenir votre sœur et la prier de venir, dit-il sans regarder sa femme.

Il s'habilla comme les autres jours, porta le petit déjeuner à Emilia qui était plus nerveuse que d'habitude.

Les bourrasques continuaient, avec de gros nuages prêts à crever et des éclaircies de soleil, pendant lesquelles miroitaient comme des facettes les petits pavés mouillés de la place.

Quand Terlinck revint dans son bureau pour remplir son étui à cigares, le courrier était sur le buvard et il s'assit pour le dépouiller. A la troisième lettre, au lieu de froncer les sourcils, il devint encore plus calme, comme si le vide se fût fait de plus en plus absolu en lui.

Mon cher parrain,

Je n'ai pas pu aller embrasser ma mère dimanche, car je suis encore une fois au bloc. Cette fois, j'en ai pour quinze jours. Je vous prie de croire que ce n'est pas gai. Il fait très froid et la soupe pue à tel point qu'elle me soulève le cœur. N'empêche qu'il faut que je la mange si je ne veux pas crever de faim.

Tout ça à cause d'une sale bête d'adjudant qui m'a pris en grippe. Quand quelque chose cloche à la compagnie, c'est toujours sur moi que ça retombe.

Justement, j'ai appris que notre nouveau capitaine est un homme de Furnes que vous avez connu, le capitaine Van der Donck. Je suis sûr que si vous veniez le voir et si vous lui disiez un mot pour moi, ça irait beaucoup mieux.

D'autre part, je voudrais un peu d'argent car j'ai trouvé un truc pour faire venir à manger de la cantine et pour obtenir des cigarettes. Comme on ne remet pas le courrier et les mandats aux hommes punis, il vous suffira de laisser l'argent sous enveloppe au café que vous savez où un copain ira le prendre.

Vous savez que je n'ai jamais eu de chance et que je n'ai personne, en dehors de vous, à qui m'adresser. C'est justement parce que je manque de piston qu'à la caserne on me fait des ennuis.

Je compte sur vous, parrain, pour le capitaine Van der Donck et pour l'argent.

Ne dites rien à ma mère qui ne comprendrait pas et qui s'effrayerait.

Je vous remercie et je vous adresse mes sentiments affectueux.

Albert.

Son cigare était éteint et il le ralluma. Puis il se leva, sans raison, fit le tour du bureau, en détournant malgré lui le regard de *la place,* un endroit que rien ne désignait mais où, désormais, il situait toujours Jef Claes.

— Maria ! appela-t-il soudain en ouvrant la porte.

Elle vint en s'essuyant les mains à son tablier et il vit du premier coup d'œil qu'elle savait.

— Fermez la porte, Maria. Qu'est-ce qu'il vous a écrit, à vous ?

— C'est toujours pareil, Baas. Il est en prison. Il paraît que son adjudant lui en veut...

— Dites-moi, Maria...

Il l'obligeait à le regarder en face.

— Il vous annonce qu'il m'a écrit, n'est-ce pas ?

— Il m'en parle, oui... Il me dit...

— Qu'est-ce qu'il vous dit ?

— Que vous le tirerez sûrement de là, car vous n'avez qu'un mot à dire au capitaine Van der Donck...

— C'est tout ?

— Pourquoi ? Il y a quelque chose d'autre ?

Un craquement du lit, là-haut. Thérésa, malgré ses douleurs, devait essayer d'entendre à travers le plancher !

— Vous lui avez parlé ?

Elle ne broncha pas, fit l'étonnée.

— Il connaît la vérité, n'est-ce pas ? C'est vous qui la lui avez dite ?

— Je jure que non, Baas ! C'est lui... Un jour que je le suppliais d'être sérieux et de penser à son avenir, il a ricané :

« — *Mon avenir, je n'ai pas à m'en préoccuper. Il faudra bien que le vieux fasse le nécessaire...*

« Je vous jure, Baas, sur la tête de la Sainte Vierge, que jamais je n'ai prononcé un mot qui puisse lui laisser croire... »

Elle risquait un coup d'œil de son côté et comprenait de moins en moins. On aurait pu croire qu'il ne s'agissait pas de lui, que tout cela lui était parfaitement étranger.

— Vous pouvez aller, Maria.

Et, comme elle se disposait à franchir le seuil :

— A propos... Il doit y avoir une lettre pour ma femme aussi... Tant qu'il y était, il a sûrement essayé de faire le maximum...

— Il y a une lettre, oui...

— Donnez-la-moi... Mais si ! Vous pourrez dire à ma femme que j'ai exigé que vous me la remettiez...

Il l'étala à côté de l'autre.

Ma chère marraine,

Je vous écris car je suis très malheureux et je crois que je suis sérieusement malade...

Il avait découvert qu'avec Thérésa il suffisait de

168

parler de maladie pour aller droit à son cœur et à sa bourse.

... si je ne peux pas faire venir un peu de nourriture de la cantine, je me demande comment je...

L'horloge de l'Hôtel de Ville sonnait huit heures au moment précis où le carillon se mettait en branle. Terlinck prit son bonnet, endossa sa courte pelisse et l'instant d'après il traversait la place à pas égaux, s'arrêtait quelques secondes, comme il le faisait toujours, devant les pigeons.

Une grosse voiture américaine passa, celle de Van Hamme, et elle prenait la route de Bruxelles. Depuis qu'il était revenu du midi de la France, Léonard se mêlait moins à la vie de Furnes ; par contre, il allait plusieurs fois par semaine à Bruxelles.

Terlinck continua son chemin, pénétra dans son bureau où il adressa à Van de Vliet un coup d'œil familier. Tout de suite après ce coup d'œil, il soupira, le dos au poêle ; un soupir qui semblait exprimer une profonde indifférence.

— Vous êtes là, monsieur Kempenaar ?

La porte s'ouvrit. Kempenaar se précipita, des papiers à la main.

— Bonjour, Baas... C'est vrai que Mme Terlinck n'est pas bien et que le docteur est venu ce matin ?

— Qu'est-ce que ça peut vous faire, monsieur Kempenaar ?

— Je vous demande pardon... Je...

— Vous dites ça pour dire quelque chose. Ce n'est même pas pour me faire plaisir...

Il s'assit. Kempenaar se pencha sur lui, lui passa les pièces une à une et il les annotait, portait en marge, d'un fin crayon, la réponse à faire ou la suite à donner.

Parfois il repoussait un peu Kempenaar, mais celui-ci, l'instant d'après, était déjà tout contre lui, le frôlant de son corps et de son haleine.

— M. Coomans est encore venu hier après-midi, Baas... Il a dit qu'il viendrait vous voir ce matin de bonne heure...

— Qu'est-ce qu'il veut?

— Il ne m'en a pas parlé, Baas...

Tout à coup, avant que le soleil eût disparu, de gros grêlons tombaient sur la place, crépitaient, rebondissaient sur les vitres. Puis le soleil s'effaçait, reparaissait derrière un autre nuage.

— Bonjour, Terlinck... Je suis venu tôt pour être sûr de vous rencontrer...

C'était déjà le notaire Coomans, rose et blanc, le teint rose et la barbe blanche, d'un rose et d'un blanc de porcelaine. Il souriait et sautillait comme un lutin malicieux, examinait Terlinck des pieds à la tête comme s'il se fût attendu à le trouver changé.

Mais il se gardait de prendre la parole avant le départ de Kempenaar qui ramassait ses papiers.

— C'est vrai que vous voulez monter un magasin de cigares à Ostende?

Il était assis, enfin! Il bourrait sa pipe en écume. Cela ne l'empêchait pas de s'agiter, y compris ses courtes jambes, comme s'il eût encore arpenté le bureau.

170

— C'est peut-être une bonne affaire... Ostende est une grande ville...

— Je n'ai pas l'intention d'ouvrir un magasin à Ostende, répliqua Terlinck.

— Ah !... Non ?... On s'est trompé ?... On prétendait que vous alliez là-bas chaque jour et que... N'en parlons plus !

Un vieux singe, bien lavé, bien brossé, bien habillé, mais un vieux singe toujours occupé à faire des grimaces !

— Kempenaar m'a dit que vous vouliez me parler...

— C'est-à-dire... Oui !... Oui et non !... Je ne désire pas vous prendre votre temps si vous avez mieux à faire... Il s'agit tout au plus d'une recommandation...

Il croyait que ce mot allait faire sursauter Terlinck qui avait horreur des recommandations. Mais pas du tout ! Le bourgmestre continuait à fumer son cigare, les mains à plat sur son bureau, le regard vague.

— Vous connaissez Schrooten, n'est-ce pas ? Le sacristain de l'église Sainte-Walburge ! C'est un bon garçon, un bon catholique et un bon électeur. Il a huit enfants. L'aîné, qui s'appelle Clément, a maintenant quinze ans...

Sans arrêt, les nuages passaient devant le soleil et, à chaque fois, on eût dit que la place devenait plus déserte et plus glaciale.

— Je continue de vous expliquer... ce jeune Clément a pris des leçons de violon avec Bootering, l'organiste, celui qui devient aveugle... Et Bootering

171

me disait encore avant-hier qu'il n'avait jamais connu un jeune garçon aussi doué pour la musique...

M. Coomans commençait à désespérer d'amener une réaction chez son interlocuteur et il commençait aussi à chercher ses mots.

— J'ai vu aussi le directeur de l'école des Frères qui m'a dit tout le bien possible de Clément... S'il pouvait suivre les cours du Conservatoire, il deviendrait à coup sûr un grand musicien... Pour cela, il faut aller à Gand... Le sacristain n'est pas riche... Vous m'écoutez, Terlinck?

Celui-ci se contenta de faire oui de la tête.

— Voilà... J'ai pensé que si nous donnions une bourse à Clément Schrooten pour continuer ses études à Gand... Qu'est-ce que vous dites?

— Je ne dis rien.

— Qu'est-ce que vous pensez?

Terlinck soupira, en homme excédé, regarda Van de Vliet qu'il sembla prendre à témoin.

— Je pense, monsieur Coomans, que vous connaissez mon opinion à ce sujet. Ou bien ce jeune garçon doit vraiment devenir quelque chose et il le deviendra tout seul, ou bien il n'est pas intéressant et cela n'est pas la peine de dépenser pour lui l'argent de la commune...

— Écoutez, Terlinck...

— Je n'écoute rien du tout... Vous avez pris l'habitude, tous, au Conseil communal, de faire la charité avec l'argent de la ville... Vous avez promis au sacristain de vous occuper de son fils et c'est à vous qu'il vouera une reconnaissance éternelle...

Moi, Coomans, je ne fais pas la charité... Je crois qu'elle ne sert à rien et qu'elle fait plus de mal que de bien... Si vous y tenez, vous proposerez votre petite affaire au prochain Conseil et je voterai contre...

— Savez-vous, Terlinck, que vous êtes...

— Je suis tout ce que vous voudrez, monsieur Coomans, mais, tant que j'administrerai la ville de Furnes, je l'administrerai comme il me plaira... Je ne crois pas aux subventions... Je ne crois pas aux gens qui ont besoin d'être aidés... Maintenant, il est temps que je m'en aille...

Il l'avait fait exprès? Le notaire s'en rendait compte et se demandait à quel mobile Joris Terlinck avait obéi. Il en était tout agité et il éprouva le besoin d'aller trouver Kempenaar dans son antre et de le questionner.

— Qu'est-ce qu'il a, ces jours-ci, notre Terlinck?

Et Kempenaar, tout heureux de n'être pas seul en cette affaire, de soupirer :

— Il est bizarre, n'est-ce pas?

Pourquoi bizarre? Il faisait ce qu'il avait à faire, voilà tout. Il avait toujours fait ce qu'il considérait comme son devoir.

Seulement, peut-être le faisait-il maintenant sans conviction.

Il aurait pu appuyer la demande de subvention du notaire Coomans, puisque ça ne lui coûtait rien. Mais c'était contre ses principes. En outre, le président d'honneur du Cercle Catholique avait eu le tort de commencer par parler d'Ostende, ce qui ressemblait à un chantage.

Tant pis pour Clément Schrooten! Lui avait-on donné de l'argent pour apprendre son métier, à lui, Terlinck?

Il sortit son auto du garage, en profita pour pénétrer dans la maison par-derrière et pour demander à Maria qui était dans la cuisine?

— Cela ne va pas plus mal?

— La piqûre produit son effet...

Elle avait pleuré! Avec Thérésa, évidemment! La maison sentait déjà la maladie!

Il se rendit à la manufacture de cigares, travailla deux heures, s'occupa d'un procès avec un client d'Anvers qui ne voulait pas payer.

Ensuite il passa chez Van Melle et choisit un poulet pour Emilia.

Celle-ci faisait-elle la différence entre du poulet et du pot-au-feu? On ne pouvait le savoir. Tantôt elle se jetait avidement sur la nourriture et tantôt elle l'émiettait, la triturait, en faisait de la saleté tout autour d'elle.

C'était encore une question de devoir. Elle n'avait pas d'autre joie dans la vie. Il fallait lui donner le maximum de ce qu'on pouvait lui donner et jamais, quand il s'agissait d'Emilia, il n'avait regardé à la dépense. D'ailleurs, si quelque jour on lui adressait des reproches, il pourrait montrer le carnet de chez Van Melle, où tout ce qu'il achetait était destiné à sa fille.

174

Il n'était que midi. Il rentra chez lui, le poulet sous le bras. Il le remit à Maria qui savait ce qu'elle devait en faire, puis, après avoir soulevé le couvercle des casseroles, il monta dans la chambre.

Sa femme, qui l'avait entendu rentrer, le guettait, l'œil anxieux, comme toujours, à croire qu'elle s'attendait sans cesse à une catastrophe, ou à une manifestation de brutalité de sa part.

— J'ai télégraphié à votre sœur, annonça-t-il sans la regarder.

— Je vous demande pardon, Joris, pleurnicha-t-elle.

— De quoi ?

— J'aurais dû vous en parler à vous et non au Dr Postumus. Mais j'étais tellement persuadée que vous refuseriez !... C'est un peu pour vous que je tiens à ce que ma sœur vienne... Tout seul, avec deux femmes malades...

Elle trichait ! Quand elle larmoyait ainsi, elle gardait pourtant un œil sec, un petit regard aiguisé, tout prêt à découvrir la moindre défaillance chez l'adversaire.

— J'ai prié toute la matinée pour que le bon Dieu me rappelle à lui sans tarder... A quoi bon, n'est-ce pas ?... Je sens que je ne me relèverai plus... Désormais, je ne suis plus qu'une charge pour tout le monde...

Il se tourna vers la fenêtre. C'était encore par devoir qu'il était là, parce qu'il n'était pas décent de la laisser seule toute la journée.

— Vous êtes fâché, Joris ?

— Pourquoi ?

— Ce n'est pas gai d'avoir une femme malade !...
Je ne vous ai jamais valu que des ennuis... Si
seulement j'avais pu vous donner une fille comme les
autres...

Elle disait la vérité, elle le savait. Elle la disait
exprès, pour surprendre un acquiescement de sa
part. Et, dans ce cas, elle changerait de batterie,
l'accuserait d'être un égoïste, une brute, et d'avoir
fait, lui, le malheur de toute la maison !

— Vous feriez mieux d'essayer de dormir,
Thérésa.

— J'ai essayé. Je ne peux pas... Tout à l'heure, les
douleurs recommenceront... le docteur m'a prévenue... Il faudra qu'il vienne me faire une nouvelle
piqûre... Si je pouvais mourir...

Quelques maisons plus bas, Kees, sur le seuil du
« Vieux Beffroi », conversait gaiement avec un gendarme.

Terlinck se retourna lentement, regarda sa femme
plus lentement encore. Il soupira, se pencha, frôla
son front du bout des lèvres et se dirigea vers la
porte.

— Joris !

Il ne se retourna pas, descendit l'escalier et ses pas
lourds retentirent dans toute la maison.

Maria, qui savait ce qu'il venait chercher, lui tendit
le poulet et un plat de compote de pommes. Il
découpa la volaille en petits morceaux, la désossa,
monta chez Emilia qu'il trouva une fois de plus par
terre et qu'il dut transporter sur son lit.

A mesure qu'il approchait d'Ostende, il accélérait l'allure autant que sa vieille voiture le permettait. Puis il s'arrêta devant le magasin d'un orfèvre et entra non sans gaucherie.

— Vous désirez?

— Je voudrais...

Il ne savait pas. Ou plutôt il voulait quelque chose de très beau, un objet que l'on garde toute sa vie.

— C'est pour un cadeau...

— Un cadeau de mariage?

— Non... Pour une naissance...

On lui montra des timbales en vermeil, des hochets en argent et ivoire.

— C'est ce qui se fait de mieux.

Il acheta timbale et hochet, stoppa son auto devant un magasin de comestibles de luxe, choisit du raisin d'Espagne, un ananas, des mandarines et deux bouteilles de champagne.

Et toujours la même hâte, le même vertige le poussaient puis, au moment de s'arrêter sur le quai, en face de la gare maritime et de la maison jaune, le même trac! Les fenêtres, au premier, étaient fermées, les rideaux de mousseline tirés.

Il laissa ses paquets dans la voiture, poussa la porte de chez Janneke, chercha tout de suite du côté du poêle où il savait trouver la patronne à côté du fauteuil du chat.

Elle était là, mais il lui sembla qu'elle n'était pas la

même que d'habitude, qu'elle se montrait soucieuse, moins cordiale. D'un coup d'œil, elle lui désignait, à la place qu'il occupait les autres jours, un soldat en kaki qu'il n'avait pas remarqué tout d'abord.

— Vous me donnerez un demi, dit-il.

Il avait compris. Il marquait un temps d'arrêt, comme les habitués des bistrots louches qui vont vers la bagarre.

— C'est moi que vous attendez? questionna-t-il, debout devant le soldat assis.

Encore un de la mauvaise sorte, celui-là, cela se sentait rien qu'à sa façon de porter l'uniforme et à l'avachissement de son bonnet de police qui lui cachait presque un œil. C'était un rengagé, un ancien marinier d'Anvers.

— Monsieur Terlinck, n'est-ce pas? Je viens de la part d'Albert...

Il ne se levait pas, regardait de bas en haut, effrontément.

— Il paraît que vous avez une commission pour moi.

— Quelle commission? questionna Joris.

Janneke manœuvrait sa pompe à bière aux deux becs bien astiqués et les observait de loin.

— Vous savez ce que je veux dire! Vous devez me remettre de l'argent pour Albert.

— Je n'ai rien du tout à vous remettre.

— Ah!

Il était désarçonné, le soldat.

— Vous n'avez pas reçu sa lettre?

Et Terlinck, sans lui laisser le temps de réfléchir :

178

— Vous l'avez lue ?

— On est comme qui dirait des frères...

— Eh bien ! vous direz à votre frère que je n'ai rien pour lui.

— Comme vous voudrez !

Il frappa la table avec une pièce de monnaie.

— Qu'est-ce que je vous dois, la patronne ?

— Vingt-huit sous.

Il s'en allait à regret, se retournait.

— Vous avez réfléchi ?

Mais Terlinck, assis à sa place, ne faisait plus attention à lui et regardait dehors.

— Il n'y a rien de nouveau, là-haut, Janneke ?

— Rien de nouveau, non... Je crois que ce matin elle s'est un peu levée... Ensuite, elle a fait marcher le phonographe... Je suis montée un moment, quand mon neveu est venu livrer la bière... On ne croirait jamais, n'est-ce pas ? qu'il y a seulement huit jours qu'elle a accouché... Avec ça que ce n'est qu'un petit corps de rien du tout... Si encore c'était une forte femme !...

— Son amie est là ?

— Vous oubliez que c'est le jour ?

Le jour du monsieur de Bruxelles ! Un fabricant de produits pharmaceutiques qui avait cinq enfants et dont la fille aînée venait de se marier.

— J'ai été tout étonnée, moi, vous savez, quand

j'ai vu ce soldat qui vous demandait. Il y en a un autre, une fois, qui m'a parlé de vous...

— Que vous a-t-il raconté, Janneke?

— Il ne m'a rien raconté, n'est-ce pas?

Elle mentait. Et cela faisait presque de la peine à Terlinck.

— Pourquoi ne me dites-vous pas la vérité?

— Parce que je n'aime pas me mêler de ces histoires... J'ai bien vu que ce n'était pas un type comme il faut...

Elle avait hâte d'en finir, se précipitait sur son tricot, questionnait :

— Vous ne montez pas?

— Il vous a parlé d'Albert?

— Il ne m'a pas dit qu'il s'appelait Albert. Celui qui est en prison, n'est-ce pas? Moi, je n'ai écouté que d'une oreille. Il paraît qu'il a donné une gifle à son adjudant. Il compte bien que vous arrangerez ça...

Allons! Ce n'était plus elle! Le soldat lui avait tout dit! Elle avait pour Terlinck, maintenant, le même respect un peu distant que pour le monsieur de Bruxelles qu'elle n'avait jamais vu!

— Tout le monde a ses ennuis, n'est-ce pas? conclut-elle avec philosophie. Les riches comme les pauvres! Et souvent les riches encore plus que les pauvres!

Un peu plus tard, elle le voyait traverser la chaussée, prendre dans son auto des petits paquets clairs dont il avait les bras encombrés et pénétrer dans le corridor en faux marbre rougeâtre.

Sa seule réaction fut de prononcer à l'adresse de son chat aux yeux mi-clos, tout en reprenant une rangée de points :

— Qu'est-ce que tu dis encore de ça, toi, minet ?

Lina était couchée, ou plutôt assise dans son lit, le haut du corps appuyé à des oreillers cernés de dentelles. Un gros ruban bleu pâle fermait sa chemise au cou.

— Débarrasse une chaise, Elsie !

Le phono était sur la table de nuit et il y avait plein de disques épars sur l'édredon de soie piquée. Tous les sièges étaient encombrés. L'un portait un plateau avec les restes du déjeuner, un autre un peignoir et du linge, un troisième des flacons de médicaments.

Et le soleil qui paraissait à nouveau s'infiltrait doucement à travers les rideaux de mousseline.

— Tu n'as pas entendu, Elsie ?

— Oui, madame !

Car Elsie avait refusé, puisque sa maîtresse avait un enfant, de l'appeler mademoiselle. C'était une grande fille osseuse, comme taillée dans du bois, originaire du Luxembourg. Le désordre la faisait souffrir et elle était forcée de vivre du matin au soir dans le désordre.

— Qu'avez-vous encore apporté, monsieur Jos ?

Lui, humblement, déballait ses cadeaux tandis que des papiers de soie tombaient par terre, au grand désespoir d'Elsie.

— Moi qui adore les ananas ! Elsie ! Apporte un couteau et une assiette...

— Mais, madame, vous savez bien que vous avez déjà trop mangé ce midi...

— Fais ce que je te dis !... Elsie !... Deux coupes... Il n'y a pas de glace dans la maison ?... Tu iras en demander quelques morceaux à Janneke...

Dans le berceau, près du lit, l'enfant avait les yeux ouverts, mais ce n'était pas à lui que Terlinck s'intéressait.

— Asseyez-vous ! C'est fatigant de vous regarder quand vous êtes debout, tellement vous êtes grand... Enlevez votre pelisse... Comment pouvez-vous porter ce gros et lourd vêtements ?... Elsie !...

Elsie ne pouvait être partout à la fois. Elle était descendue chez Janneke chercher de la glace et son visage buté disait clairement sa réprobation.

— C'est dommage que Manola ne soit pas ici aujourd'hui... Elle qui aime tant le champagne !... Mais c'est son jour, vous savez ?

Elle découvrait le hochet, la timbale.

— Vous ne voudriez pas profiter de ce qu'Elsie n'est pas là pour ouvrir la fenêtre ?... Sous prétexte qu'elle est diplômée, elle refuse de faire tout ce que je lui demande...

— Je ne sais pas si je dois...

— Vous devez, monsieur Jos !

Il entrouvrit timidement la fenêtre. On aurait dit qu'il avait peur d'être mis à la porte. Il marchait à pas feutrés, se penchait même, depuis qu'elle avait remarqué qu'il était trop grand.

— Où avez-vous trouvé des ananas frais ? Chez Van der Elst ?

— Je ne connais pas le nom...

— Rue de Liège ?

— Non... Je ne sais plus...

— Vous avez apporté des cartes ?

Il pâlit. Depuis quatre jours, elle lui réclamait des cartes pour jouer à la belote et toujours il oubliait d'en acheter.

— J'y vais !

— Monsieur Jos...

Il était déjà sorti, sans manteau.

— C'est un drôle de phénomène, n'est-ce pas ? disait-elle à Elsie qui rentrait avec la glace. Si je n'étais pas dans cet état, je pourrais croire que c'est un amoureux... Un moment, j'ai pensé qu'il venait pour Manola...

Elsie, butée, ne répondait pas et mettait le champagne à rafraîchir.

— Tu ne trouves pas qu'il est rigolo ?

— Pour moi, les hommes de cet âge-là ne sont jamais rigolos... Ils me font plutôt pitié...

Il revenait, avec deux jeux de cartes.

— Venez vous asseoir, monsieur Jos... Je vais vous apprendre le jeu... Manola, elle, triche toujours !... Bon ! Voilà que c'est déjà l'heure... Elsie !... Passe-moi la petite...

Elle repoussa les cartes sur l'édredon déjà couvert de disques. D'un mouvement tout naturel, elle défit le nœud de ruban bleu et laissa jaillir un sein de sa chemise.

— Oui, oui, grosse gourmande ! Patientez seulement une petite minute... Voilà !... Vous êtes bien ?...

Se tournant vers Terlinck, elle demandait, au grand scandale d'Elsie qui galopait lourdement à travers la pièce, dans le vague espoir d'y mettre un semblant d'ordre bourgeois :

— Vous n'avez pas une cigarette ?

III

Il était dans un jardin, appuyé au manche d'une bêche, comme sur les catalogues des marchands de graines. Un détail curieux c'est qu'il fumait, non un cigare, mais une énorme pipe en écume. De la maison (c'était censé être sa maison, mais il ne la reconnaissait pas), Lina sortait, un bébé dans les bras. En voyant Terlinck, elle faisait un grand geste joyeux et se mettait à courir vers lui. Or, à mesure qu'elle s'approchait, elle se transfigurait. Il constatait avec étonnement qu'elle portait une robe très courte, à larges plis, à la façon des pensionnaires, et que ses cheveux formaient deux tresses dans le dos. Elle courait toujours. Elle butait. Elle s'étalait dans l'allée, tout près de Terlinck, et elle souriait toujours, ou elle riait, ni l'un ni l'autre exactement, une expression de joie absolue, de joie à l'état pur.

Lui fronçait les sourcils parce que l'enfant lui avait échappé des mains et était tombé quelques pas plus loin. Il voulait aller le ramasser et alors seulement il s'aperçut que ce n'était qu'une poupée, pas même une grande poupée, mais une simple poupée de bazar aux bras immobiles et aux yeux fixes.

Cela ne pouvait pas être réel, il s'en rendait compte. Il rêvait. Mais il ne voulait pas avoir l'air de s'en apercevoir, parce qu'il tenait à savoir la suite. On remuait, dans la chambre. D'un léger battement de paupières, il constata qu'on avait ouvert le rideau et qu'il pleuvait.

Il soupira, maussade. On venait de lui apporter son eau chaude. Il était donc l'heure de se lever. Mais pourquoi Maria ne sortait-elle pas après avoir posé le broc ?

Il ouvrit les yeux et vit que ce n'était pas Maria, mais sa belle-sœur Marthe, déjà lavée et habillée. Elle le regardait. Elle attendait, sachant qu'il était éveillé.

Il la détestait, sans raison précise, mais il la détestait, il l'avait toujours détestée. Pourquoi était-ce elle qui avait apporté l'eau chaude ? Qu'attendait-elle, debout devant son lit ?

— Bonjour, Joris ! murmurait-elle.

Il grogna. Elle restait là ! Il était évident qu'elle voulait rester, qu'elle avait une raison pour cela !

Elle ne faisait jamais rien sans raison ! Elle était la raison même ! Et son visage, à contre-jour, paraissait lunaire sous les cheveux grisonnants, parce qu'elle n'avait pas une ride, parce que sa peau était lisse et unie, mais blanche, sans une roseur.

Pour mettre Terlinck de mauvaise humeur, il y avait d'abord le rêve qu'il avait dû abandonner ; puis ce qui s'était passé la veille. A vrai dire, il ne s'était rien passé, ou plutôt il ne savait pas au juste. Il était entré chez Janneke comme il le faisait toujours avant de monter chez Lina. Bien que le café fût situé dans la maison voisine, il était resté, pour Terlinck, comme l'antichambre de l'appartement.

Et Janneke l'avait servi en hochant la tête.

— Je crois que vous feriez mieux de ne pas monter aujourd'hui.

Il dut lui tirer les renseignements un à un.

— Elle a une visite, n'est-ce pas ?

Puis enfin :

— C'est un officier qui est arrivé à motocyclette ! Même que sa machine est toujours le long du trottoir...

Furieux, il regardait toujours sa belle-sœur capable de rester ainsi pendant des heures s'il le fallait. Enfin, il rejeta les couvertures et s'assit au bord du lit. Au début, il ne l'avait peut-être pas fait exprès. Mais, quand il s'en aperçut, il ne fut pas fâché de scandaliser Marthe qui se rendait chaque matin à la messe de sept heures. Comme il était placé, et avec le mouvement qu'il faisait pour passer ses chaussettes, elle pouvait voir jusqu'en haut ses cuisses velues et tout le bas-ventre.

Il s'attardait, exprès. Elle disait après un soupir :

— Vous oubliez, Terlinck, que c'est moi qui vous lavais des pieds à la tête quand vous aviez la typhoïde !

Il se redressa brusquement.

— Qu'est-ce que vous voulez ?

L'atmosphère devenait étouffante dans la maison.

Marthe avait installé sa sœur dans l'ancienne chambre d'Emilia, de l'autre côté du palier. Comme cette chambre était devenue un débarras, on avait dû disperser partout, y compris dans les corridors, des meubles et de grands paniers d'osier.

On sentait que, la nuit, il y avait toujours quelqu'un qui ne dormait pas, Marthe ou Maria. On entendait des pas furtifs dans l'escalier, la servante qui venait prendre la garde ou qui retournait chez elle, ou encore quelqu'un qui descendait mettre de l'eau à bouillir. Et sans cesse de la lumière sous la porte, des murmures de voix sur un ton de litanies.

— Je voudrais vous parler pendant quelques minutes, Terlinck ! Vous pouvez faire votre toilette...

Le jour était si gris, le ciel si bas qu'un rideau semblait tendu devant les fenêtres. C'était le marché, sur la place. On apercevait des parapluies, les auvents qui s'égouttaient.

— Qu'est-ce qu'il vous faut encore ?

Il s'en voulait de la détester ainsi et d'être incapable de le cacher, car elle ne le méritait probablement pas. Elle n'avait jamais eu de chance. Son mari, l'organiste de Gand, chef d'orchestre à ses heures, était tombé malade aussitôt après leur mariage et la lune de miel de Marthe s'était passée à le soigner. Quand il était mort, il ne lui laissait pas un centime.

Malgré cela, Terlinck ne l'avait jamais entendue se plaindre. Elle disait les choses simplement, comme elles sont. Elle ne se considérait pas comme déshonorée parce qu'elle avait dû devenir caissière dans un café de Bruxelles. Elle restait la même à quarante-cinq ans qu'à vingt et elle ne parlait jamais mal de personne.

La haine de Terlinck venait-elle de ce qu'elle était une fille de Justus de Baenst ?

Il se lavait les dents, faisait signe qu'il écoutait.

— C'est au sujet d'Emilia, commençait-elle de sa voix égale.

Thérésa elle-même n'aurait pas osé aborder ce sujet sur lequel Terlinck était plus susceptible que sur tout autre. Emilia, c'était à lui ! Cela ne regardait que lui seul ! La brosse à dents dans la bouche, il observait durement sa belle-sœur.

— Je crois que vous feriez mieux de vous décider...

— Me décider à quoi ?

N'avait-il pas eu raison de ne pas vouloir de Marthe dans la maison ? Elle était à peine arrivée de dix jours qu'elle se permettait de s'occuper d'Emilia !

— Vous savez ce que je veux dire, Terlinck. Ce que vous ne savez peut-être pas, c'est qu'un jour ou l'autre vous aurez des ennuis...

Il se lavait le visage, soufflait en se rinçant, saisissait une serviette-éponge. Et elle était toujours à la même place, dans l'attitude de quelqu'un qui a décidé d'aller jusqu'au bout.

— Hier encore, le Dr Postumus m'en a parlé...

— Postumus ?

Cette fois, le ton était un ton de défi. Postumus ? Mais Terlinck était prêt à l'écraser si...

— Ce n'est pas la peine de prendre vos grands airs... Essuyez plutôt le savon derrière vos oreilles...

189

Postumus m'a simplement dit ce que je savais déjà :
c'est que des gens commencent à parler...

— D'Emilia ?

— D'Emilia, oui ! Et de vous ! Certaines personnes que vous connaissez ont demandé à Postumus si
votre fille était réellement folle et si sa place n'était
pas dans une maison de santé...

— Qui ?

— Peu importe ! Des gens de l'Hôtel de Ville...

Il ne se rasait qu'un jour sur deux et ce n'était pas
le jour, de sorte qu'il était presque prêt.

— Qu'est-ce que Postumus a répondu ?

— Qu'il était tenu par le secret professionnel.
Cependant il y a une femme qui est enragée contre
vous...

— Quelle femme ?

— La mère de Jef Claes.

Elle ne pouvait empêcher son regard de devenir
plus insistant. Thérésa lui avait parlé de la mort de
Jef et de la visite que celui-ci avait faite à Terlinck un
quart d'heure avant ! Dans la chambre de malade, les
deux femmes avaient sans doute épilogué des heures
sur ce drame, à voix basse, avec des coups d'œil
prudents à la porte !

— De quoi se mêle la mère de Jef Claes ?

Oui, de quoi ? Alors que, par quatre fois déjà, il lui
avait envoyé de l'argent ! Jamais il n'avait agi ainsi
pour personne ! Il n'aurait même pas pu dire à quels
sentiments il obéissait au juste ! Le fait était là,
néanmoins !

— Quand elle a bu et qu'elle court les boutiques,

elle ne cesse de parler de vous et d'Emilia. Si vous voulez tout savoir, elle va jusqu'à raconter que votre fille est attachée sur son lit et qu'elle est bien forcée de faire dans ses draps, qu'une personne normale ne pourrait tenir dans la pièce tant il y pue, que votre femme n'a pas le droit de...

Elle s'arrêta, impressionnée. Il était tout droit devant elle, rigoureusement immobile, avec cet air figé qu'il prenait plus souvent les derniers temps.

— Ensuite ?

— Ces choses-là, on sait comment ça commence, on ne sait pas d'avance comment ça finira. Les gens de Furnes ne vous aiment pas, Terlinck...

C'était vrai : ils avaient peur de lui. Et après ?

— Ne pensez-vous pas que c'est assez d'une malade dans la maison ? Il y a une bonne maison de santé à La Panne, où vous pourrez aller voir Emilia chaque jour...

Qu'il était loin, tout à coup ! Elle le voyait toujours à moins d'un mètre d'elle et pourtant c'était comme si une distance considérable les eût séparés. Il la regardait. Qu'est-ce qu'il pensait ?

— Qu'avez-vous, Terlinck ? Pourquoi ne répondez-vous pas ?

— Moi ?

Répondre à quoi ? Pourquoi ? Ainsi, Marthe ne comprenait pas que...

Il regarda machinalement le plafond au-dessus duquel Emilia était couchée. L'espace d'une seconde, ses yeux s'embuèrent, sa pomme d'Adam remua, mais sa belle-sœur ne s'en aperçut pas.

— Ma fille ne me quittera pas! déclara-t-il enfin d'une voix changée, sa voix de tous les jours, comme s'il eût parlé de n'importe quoi.

Et, fixant Marthe, les sourcils froncés :

— Qu'est-ce que vous attendez?

Elle ne bougeait pas. Il aurait juré qu'elle récitait une courte prière pour se donner le courage d'aller jusqu'au bout.

— Il y a encore...

— Écoutez, Marthe...

Il alluma un cigare, bien qu'il n'eût pas encore bu son café. Puis il marcha à travers la chambre et le plancher en trembla.

— Je vous ai laissée venir alors que c'était contraire à mes principes. Cette maison est ma maison! Vous comprenez? Thérésa est ma femme. Emilia est ma fille. Maria est ma servante et mon ancienne maîtresse. Ce n'est pas la peine de me regarder ainsi! Tout cela, sans doute, est arrivé parce que ça devait arriver et il n'y a plus rien à y changer! Vous ne comprenez pas encore?

Elle ne comprenait pas, non, mais elle devinait confusément ce qu'il voulait dire et ce qu'il ne disait pas.

— Ma maison...

Il devenait farouche en prononçant ces mots-là. Ce n'étaient pas des mots d'amour. C'étaient plutôt des...

Elle ne voulait pas le penser trop nettement : des mots de haine, oui !

La maison à laquelle il était attaché, qu'il le voulût

ou non! La maison, la famille qui pesaient sur ses épaules, qui pesaient sur sa vie, sur le passé comme sur l'avenir!

— Vous vouliez me parler d'Ostende, n'est-il pas vrai?

Et un sourire méprisant, dont lui seul pouvait connaître le vrai sens, retroussait sa lèvre.

— Je suppose qu'on raconte des histoires sur Ostende aussi? Qu'est-ce que vous attendez pour me faire un sermon?

Elle ne se sentit pas la force de continuer et elle balbutia:

— J'aime mieux vous laisser avec votre conscience!

Sa conscience, en tout cas, ne l'empêcha pas de faire les gestes de tous les jours, de descendre dans la salle à manger et d'appeler Maria pour le servir, de monter chez Emilia pour lui porter son repas du matin.

La mansarde était plus sinistre par ce temps gris et sourd. C'était vrai qu'il y sentait mauvais, mais aussi il était rare que Terlinck pût terminer le nettoyage sans être interrompu par une crise d'Emilia.

Aurait-il fallu alors lui mettre la camisole de force? On l'avait attachée sur son lit, une fois, une seule, c'était encore vrai. Avec des linges, d'ailleurs, pour ne pas la blesser. Terlinck avait fait monter Maria dans l'espoir de nettoyer la pièce à fond et de laver la jeune fille couverte de plaies.

Elle avait eu une telle crise qu'avec les dents elle

s'était complètement déchiré la lèvre et on ne pouvait pas regarder sans terreur ses yeux révulsés.

Aujourd'hui, elle était douce. Elle chantait son éternelle complainte en jouant avec ses doigts et elle ne parut pas s'apercevoir de la présence de son père.

Quand celui-ci descendit, ce fut pour entrer chez sa femme et il se pencha sur elle, frôla son front de ses lèvres.

— Bonjour, dit-il.

Elle levait ses yeux fatigués, anxieux et résignés tout ensemble. Puis bien vite elle regarda sa sœur comme pour se rassurer.

— Vous avez pu dormir ?

— Très peu... fit-elle de sa voix qu'on reconnaissait à peine. Cela ne fait rien... Bientôt, je dormirai longtemps, longtemps...

Des larmes gonflaient ses paupières plissées, glissaient sur ses joues. Il faisait gris. Il faisait triste. Ici encore, cela sentait la maladie et son écœurante cuisine.

— J'ai demandé que le curé vienne me voir... Vous n'êtes pas fâché ?

Il fit non de la tête et sortit.

C'était sa maison ! Il entrait dans le bureau pour prendre des cigares et contournait machinalement la fameuse place que rien ne marquait et qu'il aurait pu délimiter avec exactitude.

Pâques était passé. Il ne portait plus son bonnet de loutre, mais un chapeau noir et, quand il ne pleuvait pas, il sortait en veston.

Il traversa la place, parmi les légumes et la volaille,

parmi les femmes qui le saluaient. Devant lui, le beffroi s'élevait dans la grisaille, l'aiguille de l'horloge avançait par saccades.

N'était-ce pas son Hôtel de Ville aussi ? Van de Vliet était là, au-dessus de la cheminée, dans son costume de carnaval. Le fauteuil attendait, les papiers étaient soigneusement rangés sur la table.

— Monsieur Kempenaar, s'il vous plaît...

— Bonjour, Baas. Mme Terlinck va mieux ?

Kempenaar se croyait obligé, chaque matin, de lui demander d'une voix attristée des nouvelles de sa femme.

— Elle va toujours aussi mal, monsieur Kempenaar ! D'ailleurs cela ne vous regarde pas !

Il lui prenait le courrier des mains, mais ce n'était pas pour le dépouiller. Au contraire, il repoussait un peu son fauteuil, tirait sur son cigare pour s'entourer de fumée, regardait le secrétaire communal dans les yeux.

— Dites-moi, monsieur Kempenaar... Il y a long-temps que vous êtes allé au Cercle catholique ?

— J'ai joué dans la pièce qu'on a donnée diman-che dernier...

— Ne faites pas l'imbécile, monsieur Kempe-naar !... Vous savez que je ne parle pas de vos clowneries... Vous étiez au Cercle lundi ?

L'autre baissa la tête, comme pris en faute.

— Vous êtes resté en bas, n'est-ce pas ? Mais je pense que ceux du Petit Cercle étaient réunis au premier étage ?

Exactement comme le jour où on avait discuté le

cas de Léonard Van Hamme ! C'était toujours le même jeu ! Les membres de second ordre, les Kempenaar et les autres, erraient dans la salle du bas où étaient encore dressés les décors du dimanche précédent et où, par économie, on n'allumait qu'une ou deux lampes. On buvait des canettes de bière, de mauvaise bière toujours tiède. Et on essayait de deviner ce qui se passait là-haut, dans les salons aux fauteuils de velours vert. On entendait des voix. On voyait des gens traverser le porche, s'engager vivement dans l'escalier.

— Ce n'est pas la peine de vous troubler, monsieur Kempenaar. Vous voyez que je suis au courant. Pouvez-vous me dire qui était au Petit Cercle ?

— Il y avait Me Coomans... Et le sénateur Kerkhove... Aussi M. Meulebeck avec un autre avocat dont je ne connais pas le nom.

— Encore qui, monsieur Kempenaar ?

— Je ne sais plus... Attendez... Non... Peut-être le chanoine Vieuville ?... Il me semble que j'ai aperçu sa soutane dans l'escalier...

— C'est tout ?

Pourquoi mentir, puisqu'il savait qu'il faudrait en arriver à la vérité ?

— Léonard Van Hamme n'était pas présent à la séance ?

— On me l'a dit, en effet...

— Qu'est-ce qu'on vous a encore dit, monsieur Kempenaar ? Est-ce que Léonard, maintenant, n'est pas au mieux avec ces messieurs ?

— Je crois qu'ils s'entendent bien, oui !

— Est-ce qu'il n'est pas venu hier à l'Hôtel de Ville ? Est-ce qu'il n'est pas allé vous dire bonjour dans votre bureau ?

— Il est toujours conseiller municipal et je ne pouvais pas l'empêcher de...

— Que vous a-t-il dit ?

C'était le Terlinck qui faisait peur, froid et calme, aussi dur que la cheminée de pierre.

— Il m'a parlé de différentes choses...

— Et il vous a annoncé, monsieur Kempenaar, qu'il ne tarderait pas à me remplacer dans ce fauteuil ! Voilà ce qu'il vous a dit et ce que vous n'osez pas me répéter ! Vous, vous avez répondu affirmativement ! Parce que vous vivez dans la peur de perdre votre place ! N'est-ce pas, monsieur Kempenaar ? Votre chemise est très sale et je tiens à ce que mes employés gardent un aspect correct. Vous me ferez le plaisir de changer de linge plus souvent, monsieur Kempenaar. Vous pouvez disposer...

A dix heures du matin, il entra chez Kees, au « Vieux Beffroi ». Il n'y avait que quelques maraîchers qui avaient apporté leur manger et qui se faisaient servir de grands bols de café au lait.

Il alla tout au fond, au-delà du comptoir, près du billard, et Kees savait qu'il devait le suivre.

— Qu'ont-ils décidé ? demanda Terlinck à mi-voix, sans s'asseoir.

— Il paraît que c'est le notaire Coomans qui est allé chercher Léonard. Celui-ci ne voulait plus être candidat. Coomans lui a annoncé que vous auriez des ennuis un jour ou l'autre...

— A cause de ma fille ?

— De ça et d'autre chose... Le notaire a engagé la mère de Jef comme femme de ménage... Elle boit toujours autant et, quand elle a bu, elle raconte des histoires...

Et Kees, avec un regard prudent autour de lui :

— Vous feriez bien de vous méfier, Baas !

— Ici, qu'est-ce qu'ils disent ?

Ici, cela signifiait le petit groupe qui se réunissait tous les soirs au « Vieux Beffroi ».

— Ils attendent. Certains prétendent que, du moment que le notaire Coomans s'est remis avec Léonard...

— Servez-moi un petit genièvre, Kees.

— Vous n'allez pas vous laisser faire, au moins ?

Terlinck se contenta de regarder la place à travers les vitres embuées de la devanture.

Sa place ! Sa ville !

Puis il alla sortir sa voiture du garage et tourna longtemps la manivelle pour la mettre en route.

Il n'aurait pas dû, il le savait ! Non pas parce que, pendant le déjeuner qu'ils avaient pris en tête à tête, sa belle-sœur l'avait regardé d'un air interrogateur, comme pour se rassurer. Encore moins à cause des coups d'œil que Maria lui lançait chaque fois qu'elle apportait un plat à table !

Mais il y avait réunion de la commission des finances, à cinq heures. C'était Coomans le président. Léonard Van Hamme en faisait partie. On devait discuter, entre autres choses, le budget du Bureau de bienfaisance. Or, il ne serait certainement pas rentré à l'heure.

Quand il se leva, il devina la question toute prête sur les lèvres de Marthe :

— Vous allez à Ostende ?

Il ne lui laissa pas le temps de la poser, déclara :

— Je vais à Ostende.

— Le Dr Postumus sera ici à trois heures.

— Ce n'est pas moi qu'il soigne, n'est-ce pas ?

Il éprouva le besoin, ce jour-là, de s'arrêter chez sa mère. Sept fois par semaine, il passait devant la maison basse précédée de sa barrière de bois vert et chaque fois il apercevait la vieille en bonnet blanc, soit à travers les vitres, soit encore dans son bout de jardin qu'elle cultivait de ses mains.

Au fait, dans la maison de son rêve, il y avait une barrière du même genre et les fenêtres étaient pareilles, avec, elles aussi, des volets de deux tons, verts et blancs.

Sa mère n'était pas dans le jardin, à cause de la pluie. Elle était occupée à éplucher des pommes de terre et, levant la tête, elle se contenta de prononcer avec une pointe d'étonnement :

— Ah ! c'est toi ?

Il l'embrassa distraitement. Il n'avait jamais été habitué aux effusions et quand, tout petit, il avait voulu embrasser un de ses oncles — qui était mort maintenant — celui-ci l'avait repoussé en déclarant :

— Les hommes ne s'embrassent pas !

Il n'avait rien de particulier à dire. Il avait apporté, par habitude, une demi-douzaine de gaufres molles comme sa mère les aimait et elle n'avait pas bronché quand il avait posé le paquet sur la toile cirée de la table.

— Tu es pressé ? demanda-t-elle en remarquant qu'il ne s'asseyait pas.

— Non... Pas particulièrement...

— Tu passes bien souvent, ces temps-ci... C'est vrai que ta belle-sœur est installée chez toi ?... Ça doit faire de jolies disputes !... Comme je te connais...

Et de temps en temps elle l'observait par-dessus ses lunettes.

Elle ressemblait exactement à ces bonnes vieilles qu'on voit sur les chromos. Seulement, elle n'était pas bonne ! En tout cas, elle n'avait aucune indulgence. Parfois même on aurait pu croire qu'elle détestait son fils ; à tout le moins elle s'en méfiait.

— Alors, comme ça, ta pauvre femme est en train de passer ?

Il savait qu'elle disait cela pour voir ce qu'il répondrait. La preuve, c'est qu'elle le regardait en coin.

— Elle a un cancer à l'intestin.

— Qu'est-ce que tu vas faire ?

Comme si on décidait ces choses-là à l'avance !

— Tu ne veux pas une tasse de café ?

— Merci.

— Tu es pressé ?

Il y avait son portrait au mur, à cinq ou six ans, un

cerceau à la main, et, près de la table, la chaise qui avait toujours été sa chaise.

— Il faudra que j'aille la voir avant que ça arrive. Seulement, j'ai toujours peur de déranger...

— Vous savez bien que vous ne nous dérangez pas.

Ils parlaient du bout des lèvres, l'un comme l'autre. Ils mentaient sans mentir, prononçaient des phrases sans importance et sans rapport avec ce qu'ils pensaient.

— Tu es toujours content?

Là, peut-être livrait-elle un peu de son âme? Il traduisait, car il connaissait sa mère comme elle le connaissait :

— Cela te fait toujours plaisir d'avoir gagné de l'argent, d'être l'important Joris Terlinck, fabricant de cigares et bourgmestre de Furnes? Tu es sûr que tu ne regrettes rien et que tout va selon tes désirs?

Il répondit en se versant du café :

— Très content!

Elle savait qu'il mentait. C'était sans importance. Il en avait toujours été ainsi entre eux.

— Regarde s'il y a encore du sucre dans la boîte.

Une boîte à cacao décorée d'images de Robinson Crusoé ; elle était déjà sur la cheminée quand il était tout petit. Il la secoua. Il restait trois morceaux et de la poussière blanche.

— Il faut se faire une raison, n'est-ce pas? soupira la vieille comme s'il venait de se confier à elle Ne roule pas trop vite. Il paraît qu'il y a encore eu un accident hier à l'entrée de La Panne.

Il ne roula ni vite ni lentement. Il allait à Ostende. A mesure qu'il approchait, il oubliait ce qu'il y avait derrière lui pour ne penser qu'à la motocyclette nickelée et à l'officier de la veille.

Certains jours, il ne savait plus qu'acheter. Les gros raisins d'Espagne finissaient par pourrir dans l'appartement. Il y avait du champagne d'avance. Quant aux bonbons et aux chocolats, il en traînait des boîtes sur tous les meubles.

Il prit une initiative audacieuse : il entra chez un parfumeur, demanda un parfum très bon et fut étonné qu'un petit flacon coûtât deux cents francs.

Dès qu'il arriva sur le quai, il chercha la moto des yeux et respira en ne la voyant pas. Il en voulait à Janneke, injustement, car elle n'y était pour rien si, la veille, Lina avait reçu la visite d'un officier. N'empêche qu'il se vengea en n'entrant pas chez elle et en montant tout de suite dans l'appartement.

Elsie lui ouvrit la porte et prit le paquet machinalement, tant on avait l'habitude qu'il vînt avec un ou plusieurs paquets.

— Il n'y a personne ? questionna-t-il.

— Seulement Mlle Manola... Vous n'avez pas eu peur de la pluie ?... Donnez-moi votre imperméable...

Au seuil de la grande pièce, toujours claire malgré le temps couvert, il avait chaque fois le même choc, la même timidité, et il disait avec autant de conviction :

— Je ne vous dérange pas ?

Cette fois, il était d'autant plus ému que son rêve

n'était pas tout à fait dissipé. Il cherchait Lina des yeux, s'assurait qu'elle n'était pas une petite fille, que l'enfant dans le berceau n'était pas une poupée.

— Bonjour, monsieur Jos!... Vous n'êtes pas venu hier?

— C'est-à-dire que je suis venu, mais que je n'ai pas osé monter. On m'a annoncé qu'il y avait quelqu'un ici.

— C'était mon frère! Asseyez-vous. Qu'y a-t-il dans le paquet, Elsie?

— Du parfum, madame... « Soir d'Automne... »

— Que faisiez-vous quand je suis arrivé?

Elles se regardèrent et faillirent pouffer. C'était souvent ainsi. Souvent il avait l'impression d'être une grande personne interrompant des enfants dans leurs jeux et dans leurs mystères.

Des mystères, elles en faisaient pour tout et pour rien. Si elles riaient et qu'il leur demandât pourquoi, elles le taquinaient durant un quart d'heure avant de lui avouer une vérité toute simple. Si elles chuchotaient, il était malheureux tant qu'elles ne lui avaient pas avoué n'importe quoi, la vérité ou non, sur ce qu'elles étaient en train de se confier.

Une fois, au Jardin zoologique d'Anvers, il avait vu, dans une cage, des lionceaux que, pour une raison ou pour une autre, on avait séparés de leur mère. Ils étaient trois, tout ronds, le poil luisant, qui se roulaient les uns sur les autres, se mordillaient une patte, une oreille, s'étiraient dans un tel état de béatitude innocente que les spectateurs attendris en avaient gros au cœur.

Elles étaient un peu ainsi, Lina et Manola, et il n'y avait dans la maison qu'Elsie pour ressembler à une grande personne, mais une grande personne que nul ne prenait au sérieux et dont les sévérités prenaient une teinte de comédie.

Il y avait un vrai bébé, pourtant! Mais on jouait avec lui comme avec une poupée! On jouait avec la vie! On jouait avec Terlinck, ou plutôt avec M. Jos!

— Pourquoi ne voulez-vous pas me dire ce que vous faisiez?

— On discutait...

— De quoi?

— D'un sujet très grave!

— Quel sujet?

— Vous...

Cela ne se passait pas comme ailleurs. Les heures n'avaient pas d'importance, ni tout ce qui sert de monture solide à la vie. On mangeait n'importe où, n'importe quand, sur un plateau, et des plateaux traînaient dans tous les coins. On se couchait lorsqu'on en avait envie, et si Manola, en s'étendant, retroussait sa robe, peu lui importait de rester ainsi avec un large morceau de cuisse à nu.

Il avait sursauté la première fois qu'elle avait annoncé:

— Je vais faire pipi!

Elle avait laissé ouverte la porte du cabinet de toilette et on entendait tout.

— Que disiez-vous de moi? insistait-il sans pouvoir atteindre à leur légèreté.

— Bien des choses!... Manola vous en parlera...

Il était déjà tout dérouté, tout malheureux, et elles éclataient de rire.

— Pourquoi ne parle-t-elle pas tout de suite ?

— Parce que !

— Parce que quoi ?

— Parce que, tout à l'heure, elle vous emmènera chez elle. J'attends encore une visite à quatre heures.

— De qui ?

— Vous êtes trop curieux, monsieur Jos ! Elsie ! Donnez-moi bébé. C'est l'heure de sa tétée...

On voyait confusément, à travers la mousseline des rideaux, des mâts de bateaux et un fond argenté de mer ou de ciel. L'enfant criait, ne se taisait qu'au moment où son nez s'écrasait sur le sein de sa mère.

— Tu emmènes M. Jos, Manola ?

Celle-ci se levait à regret. Elle était toujours vêtue de soie, toujours parfumée. Malgré le fameux pipi que Terlinck ne pouvait oublier, il était difficile de croire, tant tout était rare et douillet en elle, qu'elle fût soumise aux dures lois de la condition humaine.

— Vous n'avez pas peur de m'accompagner chez moi, monsieur Jos ? Vous avez votre voiture à la porte ? Non ? Amenez-la devant le seuil, que je ne me mouille pas...

Il hésitait à s'en aller, se levait, attendait qu'Elsie apportât ses vêtements.

Le bébé tétait toujours. Lina s'inquiétait de son amie qui était une fois de plus dans le cabinet de toilette.

— Ne me chipe pas encore mon rouge ! Chaque fois que tu viens, tu me chipes quelque chose. Oui, monsieur Jos!... Ne faites pas cette tête-là! Qu'est-ce que vous avez? Vous avez peur de Manola?...

Il s'en allait à reculons, se retrouvait dans l'escalier avec Manola, allait chercher son auto tandis qu'elle attendait dans le corridor.

Derrière les vitres du café, il aperçut Janneke qui l'observait. Il ouvrit la portière, la referma, démarra gauchement.

— Vous savez où j'habite, je suppose? Rue Léopold! Juste en bas de la digue...

Nerveux, il conduisait mal.

— Attention! Ici, c'est sens unique. Prenez la deuxième rue à gauche...

— C'est encore son frère qui va venir? questionna-t-il en regardant devant lui les pavés mouillés.

Elle ne répondit pas.

— A droite, maintenant. Tout de suite après l'hôtel que vous voyez. C'est la deuxième maison...

Déjà elle cherchait une clef dans son sac... Et, machinalement, elle prononçait:

— C'est vrai que pendant que vous êtes ici votre femme est en train de mourir à petit feu?

Le plus extraordinaire, c'est que, dans sa bouche, ces mots n'étaient pas tragiques. Cela paraissait tout naturel que Mme Terlinck, là-bas, à Furnes, mourût à petit feu!

IV

Ce qui le frappa, ce fut, dans l'escalier, le contraste
entre le rouge sombre du tapis, l'éclat des baguettes
de cuivre et la blancheur crémeuse des murs. Il devait
se souvenir plus tard d'une énorme plante verte dans
un cache-pot de porcelaine, se souvenir aussi que,
comme ils atteignaient le premier étage, une des
portes à deux battants du rez-de-chaussée s'était
entrouverte.

— Ce n'est rien ! C'est l'Anglais ! avait dit Manola
en introduisant la clef dans la serrure.

— Quel Anglais ?

— Un pédéraste qui loue la chambre et le salon du
rez-de-chaussée... Entrez !... Vous permettez une
petite minute ?

Elle disparut par une porte qui devait ouvrir sur la
salle de bains, continua à parler.

— Je ne sais pas comment font les autres femmes,
mais moi je ne peux pas garder une ceinture toute la
journée !

Ouf ! Elle revenait en frictionnant, à travers sa

robe, ses hanches qu'on devinait marquées de petits nids d'abeilles par la ceinture.

— Pourquoi ne vous asseyez-vous pas ? Qu'est-ce que vous avez envie de boire ?

On avait dû faire le ménage en son absence, car à leur arrivée tout était dans un ordre parfait. Mais, au train où elle allait, il ne lui faudrait que quelques minutes pour recréer son désordre familier.

Elle s'observait, pourtant, n'oubliait pas qu'elle était chez elle et s'efforçait de se conduire en maîtresse de maison.

— Du cognac ? Une liqueur ?

Il n'avait envie ni de cognac ni de liqueur, mais il n'osait pas refuser, il restait debout, un peu étourdi par le tourbillon froufroutant de Manola.

Ce n'était pas le même genre que chez Lina. L'intérieur était encore plus douillet, au point qu'on aurait pu le croire capitonné. Ce qui impressionnait particulièrement Terlinck, sans raison, parce que c'était le premier détail remarqué en entrant, c'était une cheminée Empire en marbre blanc et, dans cette cheminée, sur des chenets de cuivre à têtes de sphinx, un vrai feu de bûches qui brûlait doucement, avec des mines lécheuses.

— Asseyez-vous dans ce fauteuil... J'ai pensé qu'il valait mieux vous amener ici que vous parler devant Lina... Il ne faut quand même pas oublier qu'elle a dix-huit ans...

Que voulait-elle dire ? En quoi les dix-huit ans de Lina importaient-ils ? La vérité, c'est que Manola manquait d'aplomb. Elle regardait en sourcillant

Terlinck qui se tenait raide dans un fauteuil, son chapeau sur les genoux.

— Mais posez donc votre chapeau ! s'impatienta-t-elle. Vous ne pouvez pas savoir de quoi vous avez l'air !

Elle ne le savait pas non plus. En tout cas, il avait l'air d'un homme avec qui il est difficile d'aborder certains sujets.

— Vous pouvez fumer votre cigare... Mais si ! Je tiens à ce que vous fumiez un cigare... Et tenez ! je vais allumer une cigarette pour vous tenir compagnie...

Tout cela pour gagner du temps, pour aller et venir, pour l'observer à la dérobée. Cela fit un drôle d'effet à Joris d'être épié de la sorte. Il pensait soudain qu'on l'avait toujours regardé ainsi, surtout les femmes, sa mère la première, déjà quand il était gamin, puis Thérésa, dès leur mariage, Maria qui n'arrivait pas, en pleine étreinte, à être naturelle, Marthe, ce matin encore, et, à vrai dire, la mère Janneke qui n'était pas rassurée sur son compte.

— Savez-vous que vous êtes un drôle de coco ? attaqua tout à coup Manola avec une familiarité qui lui semblait devoir faciliter les choses. Hier, quelqu'un qui vous connaît bien m'a beaucoup parlé de vous. C'est vrai, ce que j'ai dit tout à l'heure de votre femme ?

— C'est vrai, oui !

— Et cela ne vous fait rien de penser qu'elle pourrait mourir juste quand vous êtes avec d'autres ?

C'est exact aussi que vous avez une fille de trente ans ?

Par contenance, il but une gorgée de cognac sans que le regard de Manola le quittât.

— Ça ne me regarde pas, bien sûr ! C'est votre affaire ! Ce que j'en dis, c'est parce que nous causons... Ce n'est pas de cela que je voulais vous entretenir... Ce que je voulais vous demander, c'est ce que vous comptez faire avec Lina...

Elle était soulagée. Le plus dur était passé et, maintenant que c'était dit, elle respirait plus librement.

— Ce que je compte faire ?

— Oui ! N'ayez pas l'air de ne pas comprendre, hein ! Ce n'est pas pour des prunes que vous venez tous les jours à Ostende et que vous apportez des cadeaux à ne savoir où les mettre...

Il était choqué par cette vulgarité dont il ne s'était jamais aperçu.

— Hier, après la visite de Ferdinand, — c'est le frère de Lina, qui est officier aviateur à Bruxelles, — après la visite de Ferdinand, dis-je, j'ai conseillé à Lina d'examiner sérieusement la question... Vous savez pourquoi il est venu ?

Par moments, il se demandait si cette scène était réelle, tant Manola débattait ces questions avec une gravité comique. Tout en parlant, elle continuait à l'étudier, sans se donner la peine de s'en cacher. Elle avait dû dire à Lina :

— Laisse-moi faire ! Je verrai bien ce qu'il a dans le ventre, moi !

Elle était l'aînée ! Elle avait de l'expérience ! Elle s'instituait le guide et la protectrice de la jeune fille !

— Eh bien ! il est venu lui présenter des propositions de la part de son père... Vous connaissez Léonard Van Hamme ?... Il vaut mieux pour lui qu'il ne me rencontre pas... Non content d'avoir mis sa fille à la porte avec un enfant, il voudrait maintenant qu'elle aille vivre encore plus loin, en Angleterre ou en France... C'est pour ça que Ferdinand est venu en moto de Bruxelles !

Elle s'animait, prenait son histoire à cœur, posait parfois la main sur le genou de Terlinck pour souligner une de ses phrases.

— Savez-vous seulement combien Lina a reçu pour la part de sa mère ?... Les Van Hamme sont riches, n'est-ce pas ?... Seulement, les parents étaient mariés sous le régime de la séparation des biens... L'argent de Léonard, placé dans l'affaire, n'a pas cessé de fructifier... Sûrement aussi qu'il s'est servi de la dot de sa femme, qui était de deux cent mille francs... Aujourd'hui, il ne veut pas en convenir... Vous comprenez ?

Il comprenait, évidemment ! Et il ne pouvait s'empêcher d'être ahuri par Manola qui s'échauffait de plus en plus.

— Ces deux cent mille francs-là, c'étaient des francs d'avant-guerre... Il ne veut rendre que des francs d'à présent... Voilà le coup !... Si bien que Lina a reçu en tout et pour tout cent mille francs-papier... Pas même, car il faut défalquer les droits et les frais... Calculez ce que ça lui laisse comme rente !

A trois pour cent, pas encore trois mille francs !... La moitié de ce que je paie ici comme loyer... Elle ne s'en rend pas compte ! Elle mange le capital... Rien que l'accouchement lui a coûté...

L'extraordinaire, c'est qu'on lui sentait le goût des chiffres et de toutes ces questions d'argent. Elle en oubliait d'allumer une seconde cigarette et de boire sa liqueur. De temps en temps, elle se caressait encore le ventre et les hanches à la place de la ceinture.

— Le vieux Léonard a bien pensé que sa fille ne peut pas vivre avec si peu... C'est de cette façon qu'il la tient... Et c'est pour faire une nouvelle proposition que Ferdinand est venu hier... Si Lina veut s'installer en Angleterre ou en France, son père offre de lui servir une pension de trois mille francs par mois... Qu'est-ce que vous auriez décidé, vous ?

Elle le prenait vraiment à témoin ! Le plus sérieusement du monde, et même sur un ton presque dramatique, elle lui demandait ce qu'il aurait fait à la place de la jeune fille !

— Je ne sais pas... murmura-t-il.

Depuis quelques instants, il avait une drôle d'impression, qu'il n'était pas capable d'analyser. Ce n'était pas à cause du décor, ni de la présence de Manola. Et pourtant il était anxieux, comme quand on est mal assis dans un endroit où on se sent déplacé.

Il n'avait rien ressenti de pareil les autres jours, chez Lina ou au « Monico ».

Il était très loin de Furnes, très loin de chez lui. Et

pour la première fois il avait la même honte que dans un mauvais lieu.

A plusieurs reprises l'image de sa belle-sœur s'était imposée à lui et il avait eu de la peine à la chasser.

— C'est justement parce que la décision est grave que j'ai décidé de vous parler... Lina ne voulait pas... Elle n'imagine pas ce qu'il faut d'argent pour vivre... Voilà ce que je lui ai dit : si son père lui offre une pension, c'est pour garder la main sur elle... C'est votre avis aussi, n'est-il pas vrai ?... Il ne lui donne pas une somme, mais une pension... Il ne signe aucun papier... Dans ce cas, qu'est-ce qui garantit à Lina qu'il continuera à payer ?... Il pourra toujours y mettre des conditions, l'obliger à faire ceci ou cela...

Terlinck devait avoir une drôle de mine dans sa bergère, car Manola sourcilla soudain, devint méfiante.

— Cela vous ennuie que je vous parle de cela ?

Cela ne l'ennuyait pas, non ! C'était infiniment plus compliqué ! Sans doute eût-il préféré que cela n'arrivât pas. Il sentait néanmoins que c'était très important, que les minutes étaient graves, qu'après il ne serait plus temps...

— Écoutez-moi, monsieur Terlinck...

Elle ne l'avait pas appelé M. Jos, mais M. Terlinck.

— Nous sommes entre personnes raisonnables, n'est-ce pas ? Je crois qu'on peut causer...

Il fit oui de la tête.

— Qu'est-ce que vous pensiez faire avec Lina ?

Rien ! Comment le lui expliquer ? Il n'avait jamais rien pensé *faire* !

— Remarquez que j'ai été un peu étonnée que vous courriez après elle juste quand elle était dans une situation intéressante...

Son regard !... Quelqu'un d'autre que Terlinck eût sans doute éclaté de rire, tant elle avait la mine d'une cartomancienne qui essaie de percer à jour les pensées de sa cliente !

— Pourquoi ne répondez-vous pas ? Qu'est-ce que vous avez ? On dirait que vous êtes fâché... Est-ce parce que je vous ai parlé d'argent ?

Voilà ce qui l'inquiétait depuis quelques minutes ! Elle venait de trahir sa pensée secrète : elle se demandait si par hasard Terlinck n'était pas un avare !

— C'est à cause de ça ? insistait-elle, prête à devenir méprisante.

— Je vous jure que non... Vous me parlez de choses auxquelles je n'avais jamais pensé...

— Vous n'avez jamais pensé à devenir l'ami de Lina ?

— Son ami, oui...

— Quand je dis ami, vous savez fort bien ce que cela signifie...

— Je n'y ai pas pensé, non !

— C'est à moi que vous voulez le faire croire ? Alors, quelle idée avez-vous derrière la tête ?

— Aucune idée...

Elle était déroutée, mais elle ne renonçait pas à comprendre.

— Ce n'est pas pour moi que vous veniez non plus?

— Je ne sais pas... C'était pour vous deux...

— Quoi?

— Pour le plaisir d'être avec vous, de...

— De quoi?

Et, employant le mot à la façon d'une injure :

— Vous êtes un platonique, peut-être? Alors, maintenant, parce que je vous parle de l'avenir de Lina, vous vous dégonflez?

Il eut la gorge serrée, tout soudain. Troublé par la certitude qu'il était encore capable de pleurer, il se taisait, regardait intensément Manola. Et elle, debout près d'un guéridon où elle allumait une cigarette, laissait tomber :

— Je constate que j'ai bien fait de vous amener ici!

Il se leva à son tour. Debout tous les deux, ils ne savaient plus que dire. Terlinck n'allait-il pas prendre son chapeau et s'en aller? Il n'en savait rien. Jamais décor ne lui avait été aussi étranger que celui-ci et pourtant il ne se résignait pas à le quitter.

— Qu'est-ce que vous faites? s'étonna-t-elle tout à coup. Qu'est-ce que vous avez?

Il venait de s'asseoir devant le feu, très près, le corps penché en avant, les coudes sur les genoux, le visage dans les mains.

— Qu'est-ce que vous avez? s'impatientait-elle.

Elle croyait peut-être qu'il pleurait.

Il découvrit son visage qui était mat, gris, dur.

— Écoutez, Manola... Je..

Il étouffait un peu, ce qui lui était arrivé de rares fois et ce qui lui faisait peur, car il craignait une maladie de cœur. Il parla doucement, d'une voix feutrée, insistante, qui ne lui allait pas.

— ... Je suis prêt à donner à Lina tout ce dont elle aura besoin... Vous n'avez qu'à citer le chiffre...

Dans ce cas, pourquoi toutes ces manières ? Elle ne comprenait pas, enrageait de ne pas comprendre.

— Puisqu'elle vous a chargée de...

— Elle ne m'a chargée de rien du tout ! Ce n'est pas la peine de mettre ça sur son dos ! Qu'est-ce que vous avez donc aujourd'hui ?

— Je n'ai rien... Vous me direz de combien Lina a besoin pour vivre...

— Vous voulez des chiffres ? Eh bien ! mon ami me donne cinq mille francs par mois, plus le loyer et, de temps en temps, une toilette ou un bijou... Ce n'est pas le Pérou, cependant je ne me plains pas et j'arrive à acheter quelques actions... Vous trouvez que c'est trop ?

— Non... Je pensais à autre chose...

— A quoi ?

— Je ne sais pas... Vous croyez que Lina accepterait... qu'elle deviendrait... ma...

— Pourquoi pas ?

— Elle vous l'a dit ?

— Elle ne me l'a pas dit crûment. Mais je sais ! Cela vaut toujours mieux que de rester à la merci de son sale père, voilà mon avis !

Au fond, elle ne savait pas encore ce qu'elle devait penser. Il y avait des moments où, avec son grand corps osseux, son visage pâle et sévère, ses yeux perdus sous les gros sourcils, Terlinck lui faisait presque pitié.

— Allons ! Buvez encore un petit verre... Je ne me doutais pas que vous étiez comme ça...

Comment était-il ? Il but docilement le cognac qu'elle lui tendait.

— Remarquez que je ne veux pas vous bousculer ! Vous avez le temps de réfléchir... Néanmoins, si ça ne doit mener nulle part, il est inutile de faire parler les gens...

— Évidemment...

Il n'avait jamais eu la tête aussi vide. Qu'était-il venu faire à Ostende, en définitive ? Qu'est-ce qui lui avait pris ? A quel sentiment avait-il obéi ?

Il regardait autour de lui comme un somnambule qui se réveille dans un endroit inattendu.

— Au fond, vous êtes un sentimental !

Pas du tout ! Mais c'était trop difficile à expliquer. C'était inutile !

— Mon ami est exactement le contraire. Ce qui l'intéresse, c'est l'amour. Si je le laissais faire, il commencerait à se déshabiller dans l'escalier...

Elle s'efforçait d'égayer la conversation, sentait bien que cela n'allait pas tout seul, mais ne parvenait pas à mettre le doigt sur le point sensible.

— Ferdinand ne doit revenir que la semaine prochaine... Lina lui a promis une réponse pour jeudi... D'ici là...

Et, sautant d'une idée à une autre :

— A propos !... Vous savez qu'il est au courant ?... Il a demandé à sa sœur comment vous vous connaissiez, où vous vous étiez rencontrés, ce que vous veniez faire chez elle...

— Qu'a-t-elle répondu ?

— Que c'était naturel que vous vous intéressiez à l'enfant, puisque vous étiez le patron de Jef Claes... Il fallait dire quelque chose !

Eh ! oui, il fallait dire quelque chose...

Il était quatre heures et demie. Un coup sonnait à la pendule dorée qui ornait la cheminée et dont les personnages figuraient les quatre saisons.

C'était l'heure où se réunissait, à l'Hôtel de Ville de Furnes, la commission des finances. Il aurait dû y être. Il savait qu'il avait tort de ne pas y aller. Il pouvait encore, en moins d'une demi-heure, faire la route et arriver en pleine séance.

— A quoi pensez-vous ? s'inquiéta-t-elle une fois de plus.

— A rien... Je pense que Lina doit nous attendre.

— Non ! Je l'ai prévenue que je ne vous ramènerais pas aujourd'hui... Cela aurait pu être gênant, vous comprenez ?

Pourquoi revoyait-il sans cesse sa belle-sœur debout, au milieu de sa chambre ? Puis, aussitôt après, l'Hôtel de Ville, l'horloge lumineuse de la tour, les conseillers en retard qui traversaient la place à pas pressés, le dos voûté sous la pluie ? L'escalier de pierre avec des traînées d'eau, la salle des Échevins où se tenait la séance, le notaire Coomans sautillant comme un gnome et caressant sa barbe blanche...

— Vous n'avez pas faim ? J'ai des gâteaux secs et des chocolats... Je pense que vous aimez mieux votre cigare ?...

Il avait assisté une fois à une scène familière aux Ostendais. On amenait un enfant qui n'avait jamais vu la mer et, pour que sa première impression fût plus forte, on lui avait bandé les yeux. Une fois sur la digue, on lui retirait brusquement le bandeau et l'enfant regardait avec angoisse cet horizon trop vaste ; ses jambes flageolaient, comme s'il avait perdu pied, comme s'il s'était senti attiré par l'abîme de l'univers. Enfin, dans un élan de panique, il se raccrochait aux jambes de son père, aux jupes de sa mère et éclatait en sanglots.

Terlinck, qui allait et venait dans le salon de Manola, prenait des bibelots sur les meubles, les remettait à leur place, essayait de ne pas penser et continuait à voir, tout au bout, au petit bout de la lunette, comme un monde minuscule, son Hôtel de Ville, sa maison, les conseillers qui s'installaient autour du tapis vert, Marthe qui mettait une bouillotte, dans le lit de Thérésa et le Dr Postumus qui sonnait à la porte, Maria qui venait lui ouvrir en s'essuyant les mains à son tablier...

— Je sens que vous avez envie de vous en aller...

Oui... Non... Il s'en alla, pourtant, parce qu'elle le lui avait dit. Au moment d'ouvrir la porte, elle remarqua :

— Je parie que, quand vous passerez, l'Anglais entrouvrira sa porte... Il est curieux comme une femme... Si vous pouviez voir les jeunes gens qu'il reçoit et si vous entendiez leurs rires!...

— Ah?

Il aurait été en peine de répéter ces paroles.

— Vous viendrez demain? Chez Lina, comme d'habitude...

— Demain, oui...

— Bonsoir...

Il ne pleuvait plus. On entendait, tout près, les gros rouleaux obstinés de la mer qui résonnaient comme le canon lointain pendant la guerre.

Terlinck monta dans sa voiture, la mit en marche, mais, au moment de sortir de la ville, il s'arrêta devant un café, parce qu'il avait besoin de boire un grand demi. Puis il roula. Toujours la même route! Les dunes et, au-delà des dunes, la mer qui montait et les lumières des navires, le feu tournant du bateau-phare.

En passant devant chez lui, il chercha instinctivement la lueur qu'il y avait toujours au premier étage depuis que sa femme était couchée. Et, comme il l'avait pensé à Ostende, Postumus était là, il voyait son dos se profiler sur l'écran doré du store.

La salle des Échevins était illuminée. Il était six heures. Il remit d'abord son auto au garage et, lentement, il se dirigea vers l'Hôtel de Ville.

Dès le bas de l'escalier de pierre, il reconnut le bruit caractéristique des fins de séances, la porte qui s'ouvrait, les voix, les pas, les conseillers qui s'attardaient à causer sur chaque marche. A une question qu'on lui posait, Kempenaar répondait avec son obséquiosité congénitale :

— Non ! Il n'est pas encore arrivé...

Terlinck montait. Les autres descendaient. L'escalier, qui semblait taillé dans le roc, formait un coude. Fatalement, quand Terlinck atteignit ce coude, il se trouva face à face avec les conseillers.

Cela n'avait rien d'extraordinaire et pourtant on marqua un temps d'arrêt de part et d'autre. Est-ce que Terlinck, dont le regard avait une fixité anormale, était plus impressionnant que d'habitude ?

On venait de parler de lui, de son absence, de sa conduite de plus en plus bizarre. Et il montait l'escalier lourdement, passait près des premiers conseillers sans les saluer, traversait tout le groupe — rien que des vêtements noirs — tandis que les silhouettes s'écartaient.

Soudain, alors qu'il n'avait plus qu'à pousser la porte de son bureau, il s'arrêtait, se retournait.

Kempenaar, le plus près, jura par la suite qu'il vit la lèvre du bourgmestre trembler. On sentit, d'ailleurs, un temps creux, une hésitation, on sentit les mots qui venaient, qu'il était encore temps de retenir.

— Léonard Van Hamme !

Tous s'étaient retournés, les uns plus haut, les autres plus bas puisqu'ils étaient étagés dans l'escalier. La lumière rendait les visages roses dans les vêtements noirs. La barbe de M. Coomans apportait la seule touche de blanc pur.

Ils attendaient, Van Hamme en gros plan, près de Meulebeck chargé de sa serviette.

— Léonard Van Hamme, répéta Terlinck de la voix nette d'un huissier, en martelant les syllabes, je viens d'acheter votre fille !

Un moment, le silence fut absolu, avec seulement sous les voûtes de pierre les derniers échos de la voix. Puis Léonard Van Hamme voulut se précipiter. On le retint. On s'agita.

Terlinck ne fuyait pas mais rentrait paisiblement dans son bureau dont il refermait la porte, tournait le commutateur.

Son premier regard était pour Van de Vliet qui semblait ne pas comprendre.

S'attendait-il à ce qu'on frappât à la porte, voire à ce qu'on la défonçât ?

Il n'y eut rien ! Après un bref brouhaha, le silence !

Kempenaar lui-même ne paraissait pas et quand Terlinck, après l'avoir appelé en vain, ouvrit la porte de son cagibi, son chapeau et son imperméable n'étaient plus là.

Il était calme, très calme. Un peu vide, en réalité, comme après une crise nerveuse, comme Emilia l'était pendant deux ou trois jours à la suite de ses grandes crises d'hystérie.

Il allait oublier Emilia !

Il n'y avait plus que lui, en dehors du portier et de sa famille, dans les vastes bâtiments de l'Hôtel de Ville. Il ferma lui-même les portes, éteignit les lampes avec un soin minutieux.

Après quoi il traversa la place et nota que l'ampoule d'un réverbère était grillée, s'arrêta enfin devant la vitrine de chez Van Melle.

Qu'y avait-il de bon ? A force de choisir tous les jours ce qu'il y avait de meilleur, il ne savait plus.

Pourquoi pas un foie gras ?... Justement il y avait un ananas, un seul, comme celui qu'il avait acheté pour Lina...

Il l'acheta... Mme Van Melle le regardait autrement que les autres jours. Qu'avait-il de particulier ? Avait-on déjà raconté l'incident de l'Hôtel de Ville ?

— Bonsoir, monsieur Terlinck !

— Bonsoir...

Un peu plus loin, de l'autre côté de la rue, c'était la grande porte, le porche glacial du Cercle catholique, avec de la lumière au premier étage.

Il marcha, son foie gras et son ananas sous le bras, chercha sa clef dans sa poche, rentra chez lui, s'arrêta dans le corridor pour se débarrasser de son chapeau et de son vêtement de pluie.

La maison sentait le poireau. Il y avait donc de la soupe aux poireaux ! Et tout était chaud, l'air, les murs, les objets, jusqu'à la lumière et les pans d'ombre ; on aurait dit que la maison entière baignait dans une eau tiède et limpide.

Il poussa la porte de la salle à manger et vit celle de la cuisine entrouverte. Il y avait longtemps que Maria l'avait entendu rentrer. Elle venait à sa rencontre pour lui prendre ses paquets, reniflait, et, comme s'il l'eût questionnée, — bien qu'il n'eût pas ouvert la bouche, — elle hochait la tête en signe de désolation.

— Très mal ? articula-t-il enfin.

— Il vient de partir...

Il, c'était désormais le Dr Postumus.

— Il a fait deux piqûres aujourd'hui... Il reviendra à neuf heures du soir...

— Elle dort ?

Signe négatif de Maria. Non ! Thérésa avait les yeux grands ouverts et le plus terrible c'est qu'elle paraissait comprendre tout ce qui se passait en elle et autour d'elle. Sûrement qu'elle avait entendu, elle aussi, son mari rentrer. Elle attendait. Elle savait qu'il était allé à Ostende !

Un froissement de robe au-dessus de l'escalier, Marthe qui se penchait dans l'obscurité.

— C'est vous, Joris ?

Il voulut monter, mais c'est elle qui descendit.

— Le Dr Postumus dit que c'est pour bientôt... Ce qui est atroce, c'est qu'elle le devine... Elle a demandé au curé de lui donner l'extrême-onction... Il va venir...

Oui ! Eh bien...

Eh bien ! non...

Eh bien ! oui...

Est-ce qu'il pouvait le dire ? Est-ce qu'il pouvait seulement se l'avouer ? Est-ce qu'il était un monstre ? Est-ce qu'il était une brute ?

Il enrageait ! Il enrageait à l'idée que Manola était sûrement chez Lina et qu'elle lui racontait leur entretien de l'après-midi.

Il enrageait à l'idée...

La chambre, là-bas, sur le quai, et son désordre, et la gravité comique d'Elsie, les raisins sur un plateau, une bouteille à champagne vide quelque part, Lina qui souriait toujours, comme si elle ne comprenait pas, comme si elle n'avait rien compris à la vie...

Ainsi, toute sa vie à lui, il aurait...

— Le curé !... répéta-t-il comme il aurait dit *do ré mi fa sol...*

Allons ! Il fallait continuer !

— Maria !... Vous avez le foie gras et l'ananas ?...

D'abord, là-haut, second étage, la pâtée d'Emilia. Elle était agitée et hérissée comme un animal qui flaire l'orage.

Ensuite, étage en dessous, Thérésa !

Tant pis ! Il fallait avoir le courage de pousser la porte, de recevoir son regard qui l'attendait, qui s'accrochait à tout ce qu'il pouvait y avoir d'étrange ou d'inquiétant en lui, qui questionnait, qui cherchait, qui s'inquiétait...

Et l'autre, la belle-sœur, Marthe debout comme une cariatide, la tête déjà courbée comme au chevet d'un mort.

— Tu es revenu... disait Thérésa d'une voix faible.

Pourquoi ne serait-il pas revenu ? S'était-elle attendue à ce qu'il ne revînt pas ?

Une ombre se dessinait de chaque côté du nez. Thérésa était déjà couchée sur le dos et le faisait peut-être exprès de joindre ses mains maigres comme un cadavre.

— Emilia va bien ?

Elle aurait mieux fait de se taire que de parler de cette voix irréelle !

— Tu es allé à Ostende ?

A croire qu'elle pensait, tant elle y mettait d'étrange douceur :

— Tu t'es bien amusé ? Tu es content ?

A droite du lit, Marthe le regardait et son regard ferme ressemblait à un ordre.

— Quel temps fait-il ? questionnait Thérésa comme si ça pouvait lui faire quelque chose.

Il se surprit à répondre bien sagement :

— Il a plu presque toute la journée. Maintenant, le vent s'est levé...

Et on entendait Maria qui, en bas, mettait la table, dehors un camion qui sautait sur les pavés et les sabots du cheval qui faisaient un bruit de forge.

V

Elle eut l'air, un instant, d'interrompre sa douleur. Ses traits furent moins crispés ; son regard abandonna les régions incertaines où il errait le plus souvent, chercha Marthe, puis la porte, et, dans un effort rapide, avant de souffrir à nouveau, Thérésa souffla :

— Écoute ce qu'il fait !

Elle avait dit : écoute et non : regarde. C'était déjà presque un rite. Marthe se leva en soupirant, car elle venait seulement de s'asseoir. Sans bruit, elle tourna le bouton de la porte, écarta le battant de quelques millimètres, resta là, immobile, un peu penchée en avant.

Il y avait plusieurs minutes que Terlinck était monté à pas lents et lourds et on ne l'avait pas entendu entrer chez Emilia. D'ailleurs, ce n'était pas l'heure. Et de son lit, les mains sur le ventre, le visage parfois traversé d'un spasme, Thérésa fixait sa sœur.

— Je n'entends rien, ou plutôt je n'entends que sa respiration. Il est debout sur le palier. Il n'a pas fait de lumière...

Ce fut tout. Parler réclamait de la part de Thérésa une grande dépense d'énergie. C'était le plus souvent inutile, car Marthe comprenait presque tous ses regards.

Auraient-elles pu croire, tandis qu'elles étaient ainsi, toutes les deux dans la chambre, l'une à souffrir, l'autre à la soigner et à veiller, qu'en somme elles ne s'étaient jamais connues en tant que grandes personnes ?

En dehors de ces quelques jours, il fallait remonter à trente ans, à la veille du mariage de Thérésa, pour retrouver une nuit qu'elles eussent passée dans la même chambre. En ce temps-là, Marthe n'avait pas treize ans. Elles ne se connaissaient pour ainsi dire pas.

Pendant trente ans, elles s'étaient rencontrées, en des occasions solennelles, à l'occasion de mariages, d'enterrements, de maladies.

Et pourtant Marthe était là et c'était, depuis le premier moment, comme si elles avaient toujours vécu ensemble. S'apercevaient-elles seulement qu'elles n'étaient plus deux petites filles, mais deux vieilles femmes laides ?

Marthe s'occupa du feu, car il avait fallu installer un poêle dans la chambre. Elle prépara la prochaine compresse, sans hâte, sans humeur et elle maniait sans dégoût les objets les moins appétissants.

Un quart d'heure s'était bien écoulé quand elle regarda à nouveau sa sœur et elle comprit qu'elle pensait toujours à l'homme qui était là-haut, immobile dans l'obscurité d'un corridor, près d'une porte dont il avait peut-être ouvert le judas.

Elle voulut écouter à nouveau. Au moment où elle tournait le bouton, Joris s'engageait dans l'escalier, le pas encore plus pesant, plus lent, comme plus réfléchi que quand il était monté.

Il devait voir de la lumière sous la porte. Il hésita sûrement à la pousser et on entendit sa respiration forte derrière le panneau. Mais Thérésa n'avait déjà plus le loisir de penser à lui. Quand sa sœur se retourna, elle avait les traits tirés ; ses lèvres entrouvertes laissaient voir les gencives pâles et elle poignait à deux mains son ventre que mille rongeurs déchiraient.

Tout ce qu'elle put faire, entre deux spasmes, ce fut de désigner la cheminée où se trouvaient la seringue et les ampoules de morphine.

Personne n'écoutait les coups frappés par l'horloge de l'Hôtel de Ville. Parfois le carillon se déclenchait mais on ne savait pas, on ne cherchait pas à savoir à quelle heure il correspondait.

Joris était redescendu au rez-de-chaussée et avait pénétré dans son bureau. On avait l'impression qu'il y avait très longtemps de cela et on n'entendait rien, pas un mouvement, pas un de ces légers bruits qui trahissent une présence humaine.

Thérésa paraissait dormir. Maria venait de monter. C'était le moment où, avec Marthe, elles prenaient leurs dispositions pour la nuit, fixant les tours de garde, l'heure des gouttes et des piqûres.

— Vous pouvez aller, Maria. Je veillerai.

— Vous serez trop fatiguée.

Un lit de camp était ouvert, avec en creux la forme d'un corps. Quand Marthe en avait le temps, elle dégrafait son corsage, délaçait son corset, laissait tomber sa jupe et, en jupon, s'étendait pendant une heure ou deux, se soulevant sur un coude dès qu'elle entendait remuer du côté du lit. La lampe était en veilleuse.

— Je vous assure que je préfère veiller...

Déjà sa sœur l'appelait du regard, soufflait, les sourcils douloureusement froncés :

— Va voir !

Elle descendit. L'escalier n'était toujours pas éclairé et, sans savoir pourquoi, elle n'osa pas y faire de lumière. A la porte du bureau, elle frappa, ou plutôt gratta, ouvrit tout de suite, vit Terlinck, assis dans son fauteuil, qui la regardait.

On aurait pu croire qu'il ne l'avait jamais vue, qu'il ne savait pas pourquoi elle surgissait de la sorte, mais que cela lui était indifférent.

— Vous êtes là ! dit-elle pour dire quelque chose.

Et elle jeta un rapide coup d'œil autour de la pièce où tout était en ordre. Non ! Elle ne découvrait rien d'anormal. Ou plutôt, et elle ne s'en rendit compte qu'en montant l'escalier, ce qui donnait une impression inhabituelle de vide, c'est que Joris n'avait pas fumé !

— Il ne fait rien... Il est assis tranquillement...

Maria soupira et monta se coucher, non sans avoir échangé un regard douloureux avec Marthe. Puis ce fut à nouveau un silence immense autour de la chambre où les deux sœurs ne bougeaient pas, ne parlaient pas, figées dans l'attente.

Cela constitua une surprise, presque une alerte, d'entendre soudain grincer les pieds d'un fauteuil, puis des bruits pourtant familiers, des pas, le heurt d'une porte, le déclic d'un commutateur.

Une fois de plus, Joris était là, derrière l'huis, sur le palier, et il hésitait, il n'entrait pas, il pénétrait dans sa chambre où, sans se déshabiller, il s'étendait sur son lit.

— Essaie de dormir un peu... conseilla Marthe à mi-voix.

Elle tressaillit. Il lui semblait qu'elle revenait de très loin, à une allure vertigineuse. Elle se dressa sur son lit de camp d'un mouvement brusque, se rendit seulement compte que c'était sa sœur qui, depuis quelques instants, appelait à mi-voix :

— Marthe !...

Son premier mouvement fut d'aller vers la cheminée prendre la bouteille à potion. Mais ce n'était pas ce que lui demandaient les yeux de Thérésa. Alors elle écouta et comprit. On marchait, dans l'autre chambre du même étage. On marchait à grands pas. Et c'était régulier comme le mouvement d'une horloge. Cinq pas vers la fenêtre, un temps d'arrêt, ensuite cinq pas dans l'autre sens...

Depuis combien de temps cela durait-il? Quelle heure était-il? Le réveil, sur la table de nuit, était arrêté et les aiguilles marquaient minuit dix.

Et voilà que Marthe, comme sa sœur, suspendait sa respiration. Une porte s'ouvrait, puis celle de la chambre. Marthe n'avait pas le temps de passer un vêtement. Son beau-frère était là, tout habillé, avec seulement le col de sa chemise ouvert, le gilet déboutonné et les cheveux à rebrousse-poils.

L'éclairage soulignait son aspect d'homme très fatigué et, comme pour accroître cette impression, il prit une chaise, fit tomber les vêtements qui l'encombraient et s'assit, à la tête du lit, tourné vers sa femme.

Peu lui importait que Marthe fût présente. Il ne la voyait pas. Sans doute ne s'aperçut-il même pas que, ne sachant où se mettre, elle se recouchait dans son lit de camp, ne laissant qu'une toute petite ouverture entre les draps pour l'observer.

Pourquoi Thérésa avait-elle fermé les yeux? Voulait-elle lui faire croire qu'elle dormait? Ou bien lui cacher ses pensées? Les coudes sur les genoux, il la regardait et ce n'était pas de l'attendrissement qu'on lisait sur son visage, ce n'était pas de la douleur, mais une sorte d'hébétude, l'effort obstiné d'un homme qui voudrait comprendre.

Une main de la malade, avec tous les petits os en relief, pendait sur l'édredon et il hésita longtemps à la prendre, avança lentement ses gros doigts pour la toucher. Ce fut pour retirer sa main aussitôt avec une certaine colère, avec dépit, car il avait vu battre les cils mouillés, il avait surpris un mince regard de sa femme qui l'épiait.

C'était bien d'elle ! Même en ce moment, elle faisait semblant de dormir, cependant qu'elle l'épiait pour savoir ce qu'il pensait réellement !

Le plus extraordinaire, c'est qu'elle comprit son geste, devina qu'il était fâché, sut très bien pourquoi. Alors elle ouvrit les yeux qui étaient pleins d'eau transparente. Elle le regarda, silencieusement suppliante. Elle remua les lèvres. Il fallut un certain temps pour qu'il en sortît des sons.

— Vous êtes très malheureux, n'est-ce pas ?

Qu'est-ce qu'elle voulait dire ? Qu'il était malheureux parce qu'elle allait mourir ? Il était persuadé que ce n'était pas la pensée de Thérésa. Dans son esprit, il était malheureux pour une autre raison, à cause d'Ostende.

Mais elle ne pouvait pas penser longtemps d'une haleine. Une douleur la reprenait bien vite, son corps se raidissait, ses deux mains se cramponnaient à son ventre déchiré tandis que sa bouche s'ouvrait, qu'on découvrait à nouveau ses gencives.

Il s'était tourné vers Marthe qui s'était soulevée mais qui ne bronchait pas, habituée à ces crises. Elle lui fit signe qu'il n'y avait rien à faire, et il attendit, le front buté, le regard rivé à un point de la couverture.

Il fut longtemps sans se rendre compte qu'il y avait dans les plis du tissu un petit carton et que ce carton était une photographie. Il le prit, étonné.

C'était un portrait qui datait des premiers temps de leur mariage, un jour qu'ils étaient allés à Gand pour assister aux Floralies. Ils en avaient profité pour entrer chez un photographe.

Thérésa était assise sur une chaise Henri II et c'était hallucinant de la voir ainsi, aussi jeune que Lina, avec, comme elle, une fossette à chaque joue et l'ovale encore flou des jeunes filles.

Lui se tenait debout, une main sur le dossier de la chaise. Et l'autre main était déjà serrée avec une énergie farouche.

Terlinck, long et maigre, portait en ce temps-là les cheveux en brosse et une petite barbe carrée.

— Joris !... appela sa femme.

Il ne la regarda pas tout de suite. Quand il leva la tête, elle semblait toute tendue vers lui, elle poussait sa main maigre vers la sienne.

Pourquoi éprouva-t-elle le besoin de dire, dès qu'elle fut capable de parler :

— Ce sera vite fini, maintenant !

Comme elle lui aurait fait une promesse. Peut-être, malgré tout, pour surprendre sa réaction ?

— Il a mangé ?

Et Maria de répondre :

— Vous savez bien que rien n'est capable de l'empêcher de manger !

Il avait pris son petit déjeuner. Il était monté chez sa fille. Il paraissait faire exprès d'agir exactement

234

comme à l'ordinaire, aux mêmes heures, avec les mêmes gestes et c'était à croire qu'il comptait et mesurait ses pas.

Ce fut pourtant la première fois qu'en traversant la place aux milliers de petits pavés il ne se rendit pas compte du temps qu'il faisait et, s'il s'arrêta devant la troupe de pigeons, ce fut inconsciemment.

Dans son bureau, il ne salua pas Van de Vliet, n'y pensa pas. Mais il prit son fume-cigare dans la poche du gilet, fit claquer l'étui, appela :

— Monsieur Kempenaar, s'il vous plaît !

Le secrétaire entra, s'approcha du bureau, s'immobilisa à sa place habituelle, des papiers à la main. Après un bon moment, Terlinck leva la tête et remarqua :

— Vous ne dites plus bonjour, à présent ?

— Bonjour, monsieur Terlinck !

Il n'avait pas dit « Bonjour, Baas », comme il l'avait toujours fait. Il était froid, distant, volontairement, et c'était plutôt comique car il était fait pour l'obséquiosité.

— Le quantième sommes-nous, monsieur Kempenaar ?

— Le 23...

— Il y a donc Conseil municipal cet après-midi... A quelle heure ?

— A trois heures, monsieur Terlinck.

— Des gens attendent dans l'antichambre ?

— Personne !

Et ce « personne » sonnait déjà comme une vengeance.

— Vous pouvez disposer. Si j'ai besoin de vous, je vous appellerai.

Jamais il ne lui était arrivé de rester ainsi, les coudes sur le bureau, sans rien faire. Il fut surpris de découvrir une tache de soleil sur le meuble et il suivit le pinceau lumineux jusqu'à la fenêtre à petits carreaux dans le cadre de laquelle se dessinait la place.

Elle était vide. Elle n'avait jamais été aussi vide ! Vide le bureau ! Vide, eût-on dit, l'Hôtel de Ville où on n'entendait pas un bruit.

Il avait oublié de poser sa montre en or devant lui et le temps passa, neuf heures sonnèrent, neuf heures et demie, et il se leva, engourdi, sans avoir travaillé, mit son chapeau sur sa tête et sortit.

Il vit les fenêtres de sa maison, de l'autre côté de la place, celle de la chambre où Thérésa était couchée où Marthe errait à pas feutrés entre le lit et la cheminée.

L'agent de police le salua et il répondit machinalement, puis il marcha vers le bout de la ville. Sur les pignons des maisons basses, on avait peint en jaune et rouge : *Cigares Vlag Van Vlanderen.* Ses cigares ! Avec le drapeau flamand et le gros homme béat qui fumait en esquissant un clin d'œil !

Lors de l'inauguration des nouveaux locaux de la manufacture, les journaux avaient écrit : « ... pour la première fois à Furnes, des ateliers et des bureaux ont été conçus selon les principes les plus modernes de l'hygiène et aussi avec le dessein de rendre la vie plus gaie à ceux qui y travaillent... »

Ce n'était pas vrai. Terlinck avait fait son devoir, comme toujours. Puisqu'il bâtissait, il le faisait dans les conditions considérées comme les meilleures. Pour sa part, il n'avait jamais été à son aise dans les bureaux trop clairs qui donnaient toujours l'impression de sentir le vernis et la peinture. Quant à l'atelier où vivaient trente ouvrières, les murs en étaient décorés d'avis entourés de guirlandes : « L'ordre est déjà une économie. » « Le temps perdu ne se retrouve pas... » « Travailler joyeusement, c'est travailler mieux !... »

Il passait. On le saluait. Il faisait signe de la main de ne pas se déranger. Dans son bureau, il n'appelait personne. Il y restait le temps habituel, un point c'est tout.

Ce qui l'entourait, c'était lui, Joris Terlinck, qui l'avait fait. Et aussi le nouvel hôpital et les abattoirs que des spécialistes venaient visiter du Hainaut et même du Brabant.

Encore une fois, il avisa une tache de soleil sur son bureau et ses doigts frémirent parce que cette tache lui donnait une bouffée d'ailleurs, d'Ostende, de la digue plus exactement, avec le sable de tabac blond, la mer changeante mais toujours pâle, les parasols, les robes claires sur les bancs, sur les fauteuils de location, les enfants qui couraient, les ballons rouges qu'on recevait dans les jambes...

Quand il rentra chez lui, Maria vint à sa rencontre :

— Le Dr Postumus est là-haut !

Et il la regarda comme pour demander :

— Qu'est-ce que cela peut me faire ?

Il le croisa dans l'escalier et eut l'impression que le docteur était gêné de se trouver en sa présence.

— Je ne crois pas que vous deviez conserver beaucoup d'espoir, monsieur Terlinck ! murmura-t-il.

Et lui, cyniquement :

— Je n'en conserve pas du tout, monsieur Postumus !

Il arrivait mal à propos. Après la visite du docteur, la chambre était en désordre et Marthe soutenait sa sœur qui faisait ses besoins.

— Pardon... grommela-t-il en sortant.

Même dans la cage d'escalier, un rayon de soleil le poursuivait et ce soleil avait déjà des tiédeurs d'été.

— Qu'est-ce que vous attendez pour servir, Maria ?

— Rien, Baas !...

Pendant qu'elle le servait, il ne cessa de la suivre des yeux. Elle s'en rendit compte, se demanda un instant s'il y avait quelque chose de ridicule dans sa tenue. Mais ce n'était pas cela. Il essayait de se rendre compte, simplement ! N'y avait-il pas vingt-cinq ans qu'elle faisait partie de sa vie ?

Les meubles aussi ! Il y en avait de plus vieux, des objets qui provenaient de chez Justus de Baenst. Pas de chez lui, car chez lui on était trop pauvre pour posséder des bibelots intéressants ou seulement des pièces à garder. Et puis, sa mère vivait encore.

Il n'avait pas entendu de pas que déjà Marthe était dans la pièce, s'accoudait au buffet et, tirant un

238

mouchoir de la poche de son tablier, pleurait silencieusement.

Elle savait qu'il attendait, secouait la tête, incapable de parler, soufflait enfin :

— Là-haut, je n'ose pas...

C'était nerveux. Cela passait vite. Elle reprenait son sang-froid, s'essuyait le visage, se regardait dans la glace pour s'assurer qu'il ne restait pas trace de ses larmes. Puis elle regardait son beau-frère qui mangeait et on voyait qu'elle ne comprenait pas, qu'elle essayait en vain de comprendre.

— Vous ne montez pas la voir ?... Ce matin, elle a communié...

Rien que ce mot faillit déclencher de nouvelles larmes.

— Je ne peux pas la laisser seule trop longtemps...

Il acheva son repas, plia sa serviette et faillit allumer un cigare, pensa à temps qu'il valait mieux ne pas fumer dans une chambre de malade.

Quand il entra, il était tout froid, tout calme. On avait remis de l'ordre. Les fioles, les instruments, les linges étaient à leur place.

Et aussi, surtout, le regard anxieux de Thérésa qui le happait tout de suite.

— Vous ne souffrez pas trop ? questionna-t-il.

— On vient de me faire une piqûre plus forte...

C'était terrible ! Terrible d'être là et, parce que c'était l'heure, de penser malgré tout à Ostende ! Le soleil y était peut-être pour quelque chose ! Toutes les impressions que Terlinck gardait d'Ostende, malgré des jours pluvieux, étaient des impressions de soleil, surtout de soleil se jouant dans la mousseline des rideaux et sur le jaune doré des murs...

Il n'irait pas! Ce n'était pas possible! Et cependant, s'il l'avait voulu...

Marthe, elle aussi, l'étudiait sans indulgence. Il ne savait que faire, ni où se mettre. Il était trop grand pour la chambre. Et ce n'était même pas une vraie chambre de la maison! C'était un débarras aménagé pour la maladie.

— Joris!...

Il n'aimait pas l'entendre parler, parce que sa voix n'était déjà presque plus une voix humaine. On était obligé de se pencher sur elle pour distinguer les syllabes.

— Il paraît qu'ils vont vous créer des ennuis...

Machinalement, comme s'il n'eût pas compris, il questionna, le regard dur :

— Qui?

Elle fit signe qu'elle ne pouvait pas parler davantage. Et lui, oubliant le lieu où il était, de se tourner vers sa belle-sœur.

— C'est Postumus qui a raconté quelque chose?

— Mais non... C'était sans doute pour rassurer Thérésa... Il lui a dit qu'Emilia serait bientôt dans une maison de santé...

Était-ce l'effet de la morphine? La malade s'assoupissait, s'affaissait sur elle-même tandis qu'un souffle irrégulier faisait frémir ses narines cernées de creux profonds.

— Qu'est-ce que vous allez faire, Joris? s'inquiétait Marthe qui ne pouvait pas s'occuper de tout le monde à la fois.

Il quitta la chambre sans répondre et pénétra chez lui.

Un peu plus tôt, Thérésa avait dit à sa sœur :

— Il faut que tu le surveilles !...

Le fait est que Marthe regarda par la serrure, vit Joris se raser, prendre dans la garde-robe son complet noir et sa cravate blanche.

Elles l'attendaient. Elles ne pouvaient pas croire qu'il ne viendrait pas. A cause du soleil, et parce que l'air était doux, on avait dû ouvrir les fenêtres sur le spectacle du port et l'odeur du goudron et du poisson entrait dans l'appartement. Peut-être, quand elles entendaient une auto s'arrêter, tressaillaient-elles ? Elsie mettait de l'ordre, comme toujours, sans y parvenir tout à fait.

Et lui, debout sur le seuil de sa maison, face à la place où sautillaient les pigeons bleu d'ardoise, n'avait qu'à prendre la ruelle de droite, ouvrir son garage, tourner la manivelle de la voiture.

Elles seraient sans doute étonnées en le voyant habillé ainsi, tout en noir et blanc, comme quand, le premier de l'an et aux mariages, il endossait sa redingote.

Sans quitter le seuil, il voyait des gens se diriger vers l'Hôtel de Ville, s'attendre les uns les autres sur le perron et fumer encore un peu, en bavardant, avant d'entrer.

Juste derrière le même Hôtel de Ville, il y avait la maison où il avait vécu avec sa femme, dans un logement de deux pièces, quand il travaillait encore chez Berthe de Groote.

Elle était morte aussi.

Il fit quelques pas. Sa gorge était sèche. A travers les rideaux du « Vieux Beffroi », il constata qu'il n'y avait personne chez Kees et entra, traversa toute la salle au plancher couvert de sciure.

— Un vieux genièvre, commanda-t-il.

Et lorsqu'il regarda Kees, il vit que celui-ci, qui était conseiller communal, était déjà habillé pour la séance. Le mur auquel il tournait le dos se reflétait dans la glace et il remarqua quelque chose d'anormal, se retourna, son verre à la main, marqua un temps d'arrêt.

Les deux réclames pour ses cigares n'étaient plus là ! On ne s'était pas donné la peine de les remplacer et on distinguait encore deux rectangles plus clairs sur le papier peint en faux velours d'Utrecht.

Il ne broncha pas, vida son verre, dit :

— Combien ?

— Deux francs, monsieur Terlinck.

Kees venait, lui aussi, de l'appeler par son nom au lieu de l'appeler Baas.

Deux fois l'huissier qui portait sa grande tenue et

sa chaîne d'argent avait agité la sonnette dans les couloirs et dans les salles. Jamais on n'avait mis aussi longtemps à entrer en séance.

Les trente-six sièges, dans la salle, étaient disposés en amphithéâtre et petit à petit le velours rouge des fauteuils était remplacé par un vêtement noir, par une silhouette plus ou moins guindée, surmontée du rose ou du blanc d'un visage.

Il traînait encore des conseillers derrière les portes. Bien que la nuit ne fût pas tombée, on avait allumé les lustres et on évoluait ainsi dans une lumière équivoque qui donnait aux gens des airs de portraits.

Derrière les fauteuils en gradin, une barrière séparait les officiels du public debout. Et c'étaient toujours les mêmes, quelques vieux, des retraités, des curieux qui étaient à leur place depuis une bonne heure et qui attendraient patiemment aussi longtemps qu'il faudrait.

Kempenaar avait une petite table à part, couverte de drap vert. La sonnette retentit une dernière fois, évoluant dans tout l'Hôtel de Ville, et des gens toussèrent, des portes se fermèrent, Terlinck, sans saluer personne, sortit de son bureau et vint s'asseoir à sa place au milieu des échevins.

— Messieurs, la séance est ouverte...

On n'était pas encore bien assis. Il fallait quelques minutes avant de trouver la pose la plus confortable. Les rideaux de velours pourpre ne laissaient passer qu'une fente de lumière et les lustres, dans le faux jour, avaient l'air de veilleuses.

M. Coomans était grave. Debout au bureau présidentiel, il semblait assis, tant il était petit. Il regardait chacun autour de lui en attendant que les toux se fussent éteintes, et aussi le bruit encore plus crispant des pieds qui remuaient sur le plancher.

— Messieurs, avant de passer à l'ordre du jour, je crois de mon devoir, en tant que président de cette assemblée...

Les portes frémissaient, car elles n'étaient pas tout à fait closes et des employés, derrière, des gens qui ne voulaient sans doute pas prendre place dans les rangs du public, essayaient de voir et d'entendre.

La voix de M. Coomans résonnait. L'acoustique de la salle des séances était telle que les moindres paroles y prenaient une solennité remarquable.

— ...Comme vous le savez presque tous, notre Hôtel de Ville a été hier le théâtre d'un incident comme je crois pouvoir affirmer qu'il n'en a pas connu pendant les siècles de son histoire...

Des têtes s'abaissaient et se relevaient en signe d'approbation. Deux ou trois voix murmurèrent :

— Très bien !

— Depuis ce matin, d'autre part, la personnalité qui préside aux destinées de notre cité est sous le coup d'une information judiciaire au sujet de laquelle je ne puis en dire davantage...

Le mouvement des têtes, maintenant, était de droite à gauche ou de gauche à droite, selon la place de chacun, car chacun éprouvait le besoin de jeter un coup d'œil à Terlinck.

— En toute autre circonstance, j'aurais été le premier à réclamer des comptes au premier magistrat de Furnes. Ainsi le débat qui se serait ouvert aurait... aurait...

C'est à ce moment qu'on put voir combien le notaire Coomans était ému. Il chercha en vain la suite de sa phrase, puis il fit un grand geste comme pour y renoncer.

— Bref... Bref, dis-je, vous n'ignorez pas davantage que de douloureuses raisons de famille, devant lesquelles nous nous inclinons, nous empêchent en ce moment d'accabler un homme déjà éprouvé... C'est pourquoi, messieurs et chers collègues, je me tourne vers le bourgmestre Terlinck et lui demande s'il ne juge pas plus digne, pour lui et pour la ville de Furnes, d'envoyer dès maintenant au Roi sa démission...

Un huitième, un dixième de la grand-place peut-être était encore éclairé par le soleil. La servante de chez Kees, grimpée sur une échelle double, lavait la glace de la devanture.

Dans la salle du Conseil, on ne voyait rien que le lustre et, dans la lumière assourdie, les vêtements noirs, les visages, des moustaches et des barbes, la table verte de Kempenaar et enfin la silhouette de Joris Terlinck qui se levait.

Du coup, comme par un mouvement de balancier, le petit notaire Coomans s'assit. Les portes frémirent. Des gonds crièrent.

— Messieurs...

Encore un mouvement des têtes, un mouvement latéral, une fois de plus, parce qu'il les regardait les uns après les autres et que les uns après les autres ils éprouvaient le besoin de regarder ailleurs.

— Messieurs, je prie respectueusement le président du Conseil municipal de bien vouloir passer à l'ordre du jour...

On attendit la dernière syllabe dans un silence absolu, dans une immobilité presque inhumaine. Puis les jambes bougèrent, les semelles grincèrent sur le plancher et, vers les derniers rangs, on perçut des murmures.

— Messieurs ! lança le président Coomans.

Alors, on assista à un fait unique, vraiment unique, celui-ci, dans l'histoire de l'Hôtel de Ville de Furnes. Joris Terlinck s'était rassis. Peut-être ne se rendait-il pas compte de ce qu'il faisait ? De la poche de son gilet, il tirait l'étui contenant le bout d'ambre.

Puis, bien qu'il fût strictement interdit de fumer en séance, il choisissait un cigare, en coupait le bout avec les dents, faisait craquer une allumette.

— ...Messieurs... Un peu de silence, s'il vous plaît !... Le Conseil passe donc à l'ordre du jour... La première question inscrite est...

Kempenaar, qui ne s'y attendait pas, feuilletait ses dossiers pourtant bien préparés trouvait la page, se levait, s'apercevait que ce n'était pas la bonne, remuait à nouveau ses papiers.

— « *Demande de subvention de...* »

Et tout le monde était hypnotisé par le cigare de Terlinck.

VI

« ... l'union des Syndicats d'Initiative de La Panne, Coxyde et Saint-Idesbald, considérant que la ville de Furnes, de par sa position, profite directement de l'afflux des étrangers sur les plages susdites ; considérant d'autre part que le moment est propice pour... »

Kempenaar leva la tête, constata que tout le monde regardait vers une même porte et regarda aussi. Mais il était déjà trop tard. Quelques-uns seulement avaient entrevu l'uniforme noir, les galons et la fourragère d'argent d'un gendarme qui parlementait avec l'huissier. Maintenant, la porte était refermée, le calme rétabli et l'huissier, se faufilant entre les travées, s'approchait de Joris Terlinck pour lui remettre une lettre.

« ... que le moment est propice pour... »

Il ne retrouvait pas la ligne, sentait bien que personne ne l'écoutait. Il avait envie, comme les autres, d'observer le bourgmestre ouvrant l'enveloppe et lisant la lettre.

« ... *propice pour... Ah ! intensifier la propagande, notamment à l'étranger, dans les pays à change haut, demande à la municipalité de Furnes de bien vouloir lui accorder une subvention exceptionnelle de vingt mille francs.* »

Consciencieux, il reprit la feuille qu'il avait déjà posée, répéta :

— Oui... C'est bien vingt mille...

Terlinck, la lettre dépliée devant lui, les bras croisés sur la poitrine, son cigare avec le bout d'ambre à la bouche, était le plus immobile, le plus calme de l'assemblée.

Il savait que tous ceux qui le regardaient, dans les gradins en hémicycle, connaissaient plus ou moins le contenu de la lettre et il comprenait enfin les paroles menaçantes du président Coomans.

« *Monsieur le Bourgmestre,*

« *Vous ayant appelé vainement ce matin au téléphone, je crois devoir vous aviser qu'il y a contre vous une demande d'information judiciaire. Après un certain nombre de lettres anonymes, une lettre m'est parvenue, signée par de nombreux citoyens de votre ville, au sujet de la situation assez particulière d'un membre de votre famille et de son genre de vie dans votre maison.*

« *Je n'ignore pas que l'état de santé de M*^me *Terlinck* *vous cause les plus vives inquiétudes et j'attendrai* *quelques jours pour procéder à un interrogatoire à ce* *sujet.*

« *Recevez, Monsieur le Bourgmestre, mes saluta-* *tions distinguées.*

« *Le Procureur du Roi,*
« *Tihon.* »

Terlinck ne les défiait pas encore. Il fixait si sagement Kempenaar qu'on aurait juré qu'il assistait à une séance comme toutes les autres.

« *...la Commission des Finances, après en avoir* *délibéré, propose au Conseil de donner une suite* *favorable...* »

Il se rassit et Coomans se leva. Il y avait de la hâte chez l'un comme chez l'autre, une sorte de gêne qu'ils essayaient de cacher par leur précipitation.

— Quelqu'un demande-t-il la parole au sujet de la subvention à accorder au Syndicat d'Initiative ?

Soigneusement, Terlinck posa son cigare sur le rebord de la tablette, puis il se leva avec tant de lenteur qu'il semblait mouvoir les unes après les autres les charnières de son grand corps.

— La parole est à monsieur le Bourgmestre.

— Messieurs...

« Voilà quatre ans environ, il me souvient d'être monté dans un aéroplane venu à Furnes pour donner des baptêmes de l'air. Votre distingué président, M. Coomans, y est monté aussi et, si je ne me trompe, a omis de payer sa place... »

Personne ne rit. On ne comprenait pas. Et lui n'avait pas encore donné toute l'ampleur à sa voix qui, d'habitude, allait se répercuter en échos sonores sur tous les murs de l'hémicycle. Il paraissait chercher ses mots, son thème.

Jusque-là, il avait fixé le parquet devant lui et voilà seulement qu'il levait la tête, graduellement.

— ... Lorsque je me suis trouvé dans les airs, j'ai vu le Beffroi de l'Hôtel de Ville, la flèche de l'église Sainte-Walburge, d'autres clochers encore, serrés les uns contre les autres autour de notre place...

Jamais, de sa vie, il n'avait été aussi calme, aussi lucide. Il se passait même un phénomène plus extraordinaire. Il les voyait, tous ces collègues en noir, ces visages roses dans la lumière pâle du lustre, il les étudiait un à un et, bien qu'il continuât de parler, il avait le temps de penser, de se souvenir de tel ou tel événement.

Non seulement il les voyait, mais il se voyait, lui, Terlinck, comme s'il eût été à une autre place ; il se voyait très grand, très large, très droit et il savait qu'il était blafard, que ses traits, à force de rigidité, les effrayaient.

Il lançait sa voix contre les murs et sa voix lui revenait ; il l'écoutait avant de poursuivre. Et les portes bougeaient, des gens, dans les couloirs, se serraient les uns contre les autres pour le regarder par de minces fentes

— ... J'ai vu aussi, autour de ces monuments, autour de ce que nous appelons la Ville, des maisons basses, sans étage, souvent couvertes encore de chaume verdi et, autour de chacune de ces maisons, un morceau de terre labourée, un pré, des canaux d'irrigation soigneusement entretenus... Plus loin, dans les dunes, jaillissaient d'autres constructions, des toits rouges et biscornus, les villas, les cités artificielles qui se remplissent l'été de gens venus d'ailleurs et dont l'hiver les rues trop larges sont vides comme des canaux désaffectés...

« A ce moment j'ai compris, messieurs, l'âme de Furnes... »

Ce n'était pas vrai : c'était maintenant qu'il comprenait ! Il comprenait tout. Il voyait. Il les regardait qui baissaient les yeux les uns après les autres.

— ... J'ai compris que dans ce morceau de province que nos aïeux ont conquis sur la mer, ce qui compte, ce qui importe, ce sont ces chaumières précédées d'une barrière verte et ces hommes, ces femmes en bonnet blanc, qui, du début à la fin de l'année, se courbent sur un bout de terre...

« J'ai compris que la ville n'était là, avec son Hôtel de Ville et ses églises, que pour servir de point de ralliement, et j'ai compris enfin que notre marché du samedi, nos foires aux chevaux et aux bestiaux, sont des solennités plus augustes que la Fête-Dieu elle-même... »

Quelques uns s'agitèrent et il y eut des quintes de toux. Il attendait. Il avait le temps. C'était son jour et personne ne pouvait le lui prendre.

251

Il se sentait tellement plus grand qu'eux tous et que ce qu'il avait été lui-même jusqu'alors !

Il aurait pu, avec une lucidité miraculeuse, dessiner sa vie telle qu'elle avait réellement été, telle qu'il la comprenait enfin, depuis la petite maison de Coxyde, la chaumière à barrière verte qu'il venait de décrire, jusqu'à cette minute même, en passant par le logement de deux pièces de ses premiers temps de mariage et par le magasin de tabacs-cigares de Berthe de Groote.

— Parce que quelques-uns d'entre vous, je pourrais dire parce que la plupart d'entre vous ont gagné des sommes importantes en spéculant sur les terrains du bord de mer, vous avez oublié, messieurs, la raison d'être de notre ville.

« Vous voulez en faire aujourd'hui comme la capitale de cités fantômes où l'on ne vit que deux mois d'été mais où les profits sont gros.

« Et vous ne pensez pas que, chaque fois qu'une villa, qu'un hôtel s'élèvent dans la dune, il faut qu'un homme, une femme quittent une de ces maisons incrustées dans les champs, qu'ils aillent là-bas, troquant leur costume contre un uniforme, servir de valets ou de servantes à des gens qui ne sont pas de chez nous...

« Eux aussi, n'est-ce pas, connaîtront les gros gains ! Ils apprendront des langues étrangères et des manières nouvelles !

« Mais croyez-vous qu'ils reviendront un jour à leurs champs ?

« N'imaginez-vous pas qu'un jour il ne se trouvera

personne, le samedi, pour amener sur cette grand-
place nos œufs, nos volailles, nos légumes et que
nous n'entendrons plus sur les pavés de nos rues les
pas des lourds percherons de la campagne ?... »

Devant lui, un mince filet de fumée bleue montait
de la cendre immaculée du cigare.

Terlinck prenait son temps : sa voix tue, ce serait
fini ! Il ne disait pas les mots qu'il voulait, ceux qu'il
pensait. Il n'aurait pas pu et, d'ailleurs, ce n'étaient
pas des pensées qu'il cherchait à exprimer

C'était peut-être par hasard, pour se mettre en
train, qu'il avait parlé de l'avion et du paysage
découvert le jour où il y était monté. Mais cela
correspondait bien, en cet instant, à sa vision des
gens et des choses, pas seulement des gens et des
choses, mais encore du passé, du présent et de
l'avenir.

Ils entendaient, tous tant qu'ils étaient, sa voix
frémir et ils ne pouvaient pas comprendre. Peut-être
étaient-ils inquiets, car sa harangue ne ressemblait
pas à ce qu'ils attendaient.

Lui voyait tout un long cheminement, des camions
chargés de sacs de blé et de monumentales charrettes
de paille, des bestiaux qui bêlaient, des carrioles avec
les paysans en noir qui s'en venaient à la ville et des
vies qui cheminaient aussi, des garçons qui partaient
d'une chaumière et qui devenaient des jeunes gens,
des hommes, des petites filles qui relevaient leurs
cheveux et allongeaient leurs jupes, des cortèges qui
entraient dans les églises et qui en sortaient, les uns

253

clairs, les autres sombres, dans une égale rumeur de cloches...

— C'est dans cet Hôtel de Ville, messieurs, c'est ici que doivent aboutir...

Il sembla chercher quelqu'un des yeux. Il cherchait Van de Vliet, resté dans son cadre, au-dessus de la cheminée.

— ... Vous n'êtes que l'aboutissement de ces centaines, de ces milliers de chaumières et, le jour où vous aurez le malheur de l'oublier...

Pourquoi n'était-il pas possible de matérialiser sa vision, de leur montrer tout ce qu'il voyait, y compris Mme Terlinck dans son lit, Marthe en pantoufles trottant autour d'elle et là-bas, à Ostende, tout au bout de cette route artificielle du bord de mer, une chambre où Lina, Manola et Elsie...

Il laissait sa phrase en suspens et certains en profitaient pour décroiser leurs jambes ou pour les recroiser. Eux aussi savaient que c'était son dernier discours et attendaient poliment, avec une ombre de gêne, de pitié.

— ... Peut-être ceux qui ont bâti les villes ne se sont-ils pas rendu compte de ces harmonies merveilleuses. De même l'homme, à mesure que se déroule sa vie, n'a-t-il pas conscience de l'aboutissement de...

Il vit, au premier rang, quelqu'un qui n'écoutait plus et qui lisait un prospectus placé devant lui. Les portes ne frémissaient plus de la même manière et sans doute l'attention, derrière elles, s'était-elle émoussée. On se retourna pour regarder un petit vieux qui toussait éperdument et n'arrivait pas à reprendre son souffle.

Alors, il y eut un long silence, si long qu'on se demanda ce qui arrivait.

Il aurait tant voulu... C'était l'occasion unique de ramasser tout ce qu'il savait, tout ce qu'il avait appris, tout ce qu'il comprenait enfin, tout ce qu'il ressentait si fort qu'il en avait comme un bouillonnement dans la poitrine...

Il baissa la tête, découragé, aperçut son cigare qui fumait toujours et le saisit pour l'éteindre en l'écrasant sur le rebord de la tablette.

— Messieurs, je m'oppose à l'octroi des crédits au Syndicat d'Initiative et, s'il devait en être autrement, je renoncerais à présider aux destinées de notre ville...

Voilà! Il en était débarrassé! Il se rasseyait, indifférent désormais à ce qu'ils pensaient et à ce qu'ils allaient faire.

— Messieurs, si personne ne demande la parole, je vais mettre aux voix la proposition de la Commission des Finances... Première épreuve à main levée... Que ceux qui sont contre l'octroi des crédits lèvent la main...

Terlinck sourit, ce qui ne lui était pas arrivé depuis longtemps, parce qu'il y en avait, comme toujours, qui n'avaient pas bien compris, qui ne savaient pas s'ils devaient lever la main ou non et qui esquissaient un geste timide.

— Je répète que ceux qui sont contre l'octroi des

crédits, c'est-à-dire qui partagent la façon de voir du bourgmestre Terlinck, lèvent la main...

On compta deux ou trois mains levées dans le fond de la salle et un de ceux qui votaient de la sorte devint pourpre en constatant que tout le monde le regardait.

— L'épreuve contraire... Messieurs, la proposition de la Commission des Finances est adoptée...

M. Coomans se tourna vers Terlinck et les conseillers se levèrent, des gens se mirent à parler à mi-voix derrière la barrière du public.

— Je vais donc envoyer ma démission au Roi...

Ce ne fut qu'un hasard : juste à ce moment, il était tourné vers Léonard Van Hamme et celui-ci, enfoncé dans son fauteuil, se trouva si gêné par son regard qu'il entama une conversation avec son voisin.

Le sourire flottait toujours sur les lèvres pâles de Terlinck, à l'abri des moustaches rousses. Plus personne, maintenant, n'était à sa place. Pour mettre un certain ordre dans le désordre, M. Coomans frappait le bureau de son coupe-papier et criait d'une voix de tête :

— Messieurs, la séance est suspendue...

On entendit aussi le bruit particulier de l'étui qui refermait sur le fume-cigare en ambre de Terlinck. Il faillit oublier sur la tablette la lettre du procureur, dut revenir sur ses pas et on s'écarta pour lui livrer passage. On s'écarta encore tandis qu'il se dirigeait vers la porte que l'huissier venait d'ouvrir.

Il marchait lentement, comme dans un cortège et, sans savoir pourquoi, il avait une sensation d'apothéose. Il vit bien, dans le couloir, le visage de Maria, mais il le vit sans y penser et la servante dut le tirer par la manche au moment où il pénétrait dans son bureau.

— Baas !... Il faut que vous veniez vite...

Il avait la main sur la poignée de bronze ciselé. Il aurait aimé pousser la porte, dire adieu à Van de Vliet.

— .. Madame est en train de passer...

D'autres entendirent. On les suivit des yeux tandis qu'ils gagnaient l'escalier, Terlinck nu-tête suivant Maria sans rien dire.

— Il y a cinq bonnes minutes que j'attends... Pourvu que nous n'arrivions pas trop tard !...

Elle pleurait sans pleurer, marchait par saccades. La nuit avait eu le temps de tomber et les réverbères étaient allumés, toutes les fenêtres de sa maison éclairées.

Maria, en sortant, n'avait pas pris la peine de fermer la porte d'entrée. Il franchit le couloir, monta l'escalier, sans hâte, l'œil distrait, peut-être parce qu'il pensait à trop de choses à la fois.

Quand il ouvrit la porte, il tomba dans un silence épais. Des gens étaient debout, englués dans de la mauvaise lumière, certains morceaux se confondant avec l'ombre. Marthe se tenait près du lit, les yeux secs mais le nez rouge. Appuyé à la cheminée, le Dr Postumus baissait la tête. Et, près de la fenêtre, deux femmes en noir se tenaient toutes droites, deux vieilles qui étaient toujours là quand quelqu'un mourait dans la ville et qu'on appelait les ensevelis-

seuses. Était-ce Maria qui les avait appelées ?
Avaient-elles profité de la porte ouverte ? Elles
pleuraient toutes les deux, un mouchoir à la main.
Elles portaient déjà le deuil !

Ce fut l'une d'elles qui referma la porte alors que
Terlinck restait hésitant au milieu de la pièce.

— Thérésa ! appela doucement Marthe en se pen-
chant sur sa sœur. Thérésa !... C'est ton mari... C'est
Joris... Tu m'entends, n'est-ce pas ?

Thérésa avait les yeux clos, le visage sans couleur,
un cerne si profond des deux côtés du nez qu'on
aurait dit qu'elle était maculée.

Elle respirait. On la voyait, on la sentait respirer,
on participait malgré soi à son effort, les yeux fixés au
drap qui se soulevait par petits coups, avec la peur de
le voir soudain immobile.

— Thérésa !... Ton mari...

Elle faisait signe à Terlinck d'avancer et il obéissait
machinalement.

Il comprit qu'il devait se pencher aussi, mais sans
savoir au juste pourquoi. Il s'irritait de sentir des
étrangers derrière son dos et il faillit se retourner
pour le leur dire.

Il n'en eut pas le temps. Un frémissement parcourut les paupières et celles-ci s'entrouvrirent, en
plusieurs fois. Un regard filtra, qui se posa tout de
suite sur Terlinck. Les lèvres blanches frémirent,
elles aussi ; il entrevit les dents qui ne donnaient déjà
plus l'impression de matière vivante mais de porcelaine.

Il se trouva alors avoir la main de sa femme dans la sienne. Elle n'avait pas pu parler et elle le regardait, elle faisait un effort de tout son être pour mettre une question dans ce regard.

L'espace d'une seconde, on put croire qu'elle allait pleurer. Quelque chose comme une brise sur de l'eau passa sur son visage qui fut brouillé puis qui, insensiblement, se figea tandis que les paupières restaient ouvertes mais que les yeux ne regardaient plus rien.

Il ne pensa pas tout de suite à changer de place et on n'osa pas le déranger. Il avait compris, compris le regard ! Est-ce que, toute leur vie, il n'y avait pas eu des regards entre eux ? Est-ce que ce n'était pas par ce truchement qu'ils se disaient ce qu'ils avaient à se dire ?

C'était une question qu'elle lui posait. Une question bien simple, bien banale. Elle lui demandait s'il était encore bourgmestre ou s'il avait été renversé.

Il en était sûr ! Il aurait juré qu'elle n'avait attendu que ça pour mourir, qu'elle avait attendu la fin de la séance, comme d'autres avaient attendu au « Vieux Beffroi » et quelques-uns sur la grand-place !

Elle savait bien, elle, que...

— Venez, Joris...

Il se laissa attirer à quelque distance du lit et vit le Dr Postumus se pencher sur la morte.

Il n'avait pas pleuré. Il n'avait pas envie de le faire. Il flottait un peu, mais pas pour longtemps. Il entendait les sanglots rauques de Maria derrière la porte, retrouvait les deux femmes en deuil.

— Il faut vous en aller ! leur dit-il calmement.

Marthe s'interposa.

— Mais, Joris, j'ai besoin d'elles pour...

Elle n'osait pas prononcer le mot.

— Allons ! Partez !... répéta-t-il.

— Monsieur Terlinck, protesta l'une d'elles

— Il n'y a pas de M. Terlinck ! Ouste !...

Il alla leur ouvrir la porte, se tourna vers le médecin.

— Et vous, monsieur Postumus...

— J'ai fini... Je m'en vais... Je tiens cependant à vous présenter...

Marthe fut ahurie en entendant son beau-frère répliquer :

— Vous présenterez votre note d'honoraires et cela suffira !

Ne comprenaient-elles donc pas, Marthe et Maria, qu'il tenait à sentir tous les étrangers dehors, à fermer la porte une bonne fois, à être chez lui ; ne comprenaient-elles pas que cela procédait du même principe que son discours de l'après-midi, que le panorama du Beffroi et des clochers au milieu des maisons basses et des champs ; et que toute sa vie, que sa fille, là-haut ; et même que son refus de reconnaître l'enfant de Maria et de lui donner de l'argent ?

— Vous fermerez la porte à clef, n'est-ce pas ? recommanda-t-il.

C'était curieux : il devinait les regards de Marthe comme il avait deviné ceux de sa femme ! C'était le même genre de regards. Elle l'observait, anxieuse, effrayée par son calme.

— Qu'est-ce que vous voulez faire ?

Ce qu'il devait faire, simplement !

— Vous direz à Maria qu'elle aille prévenir le tapissier. Il doit être rentré de l'Hôtel de Ville...

— Vous ne croyez pas qu'il sera temps demain, Joris ?

— Non !

Car Thérésa ne devait pas rester dans cette chambre qui n'avait été la sienne que par raccroc, parmi les fioles, les linges, toutes les choses qui rappelaient la maladie ! Et Terlinck ne voulait pas y rester, lui non plus.

— Il faudra lui dire qu'il arrange tout dans mon bureau... On peut empiler les meubles dans la salle à manger...

Elle dut le laisser seul pendant qu'elle donnait les ordres. Quand elle revint, il avait toujours les yeux secs, le visage immobile, mais les paupières de la morte étaient fermées.

— Dans l'armoire du palier, vous devez trouver la chemise de nuit à dentelles qu'elle a mise pour le baptême...

C'était du baptême d'Emilia qu'il parlait. Il n'oubliait aucun détail.

— Elle est sur la planche du dessus, dans un papier de soie...

Et voyant que les cheveux rares de Thérésa semblaient plus rares depuis qu'elle était morte, il ajouta :

— Il y a aussi un bonnet... Je ne sais pas où elle l'a mis...

Il alla retirer sa cravate blanche et son faux col, changer ses souliers vernis contre des pantoufles. Lorsqu'il reparut, il avait allumé machinalement un cigare, mais il hésita au seuil de la chambre et l'éteignit.

— Vous ne pouvez pas faire cela vous-même, Joris !

— Pourquoi ?

— Si vous ne voulez pas d'étrangères, laissez-moi au moins un moment avec Maria... Allez dans votre bureau... Je vous appellerai...

Il ne haussa même pas les épaules. Ce fut lui qui découvrit le corps amaigri de sa femme, lui encore qui commanda :

— Qu'on m'apporte de l'eau tiède...

Marthe obéissait, allait et venait à travers la maison en s'ingéniant à ne pas faire de bruit, en tressaillant si une porte heurtait quelque peu le chambranle. Il était le seul à parler d'une voix normale, à marcher autrement que sur la pointe des pieds.

— Maria est rentrée ?

— Oui... Le tapissier est en bas... Il dit...

Il n'attendit pas de savoir ce que le tapissier disait.

— Je vais lui parler...

L'homme portait encore son costume noir qu'il avait mis pour assister à la séance du Conseil. Il ne savait comment se tenir. Il avait préparé des paroles convenables.

— Monsieur Terlinck, croyez que malgré...

— Il faut que vous alliez vous changer immédiatement, monsieur Stevens. Vous reviendrez avec votre aide et vous allez tout de suite me transformer cette pièce en chapelle ardente...

— Vous croyez que si, demain à la première heure...

— J'ai dit ce soir, monsieur Stevens!... Il n'y a que la porte d'entrée que vous pourrez garnir demain matin...

Le tapissier parti, il ouvrit la porte du bureau, celle de la salle à manger et on l'entendit qui commençait, tout seul, à déménager les meubles.

Quand, beaucoup plus tard, il entra dans la cuisine, il avait retiré son veston et des gouttes de sueur luisaient sur son front.

— Maria! Vous avez pensé au dîner d'Emilia?

Il eut l'impression que Maria sursautait d'effroi, mais il remit à plus tard le soin de se demander pourquoi.

— Non, Baas... Il y a des restes dans le garde-manger... On pourrait...

— Quelle heure est-il?

— Sept heures...

— Courez chez Van Melle... C'est encore ouvert... Prenez une côtelette dans le filet...

Dans l'escalier, il rencontra sa belle-sœur. Ce fut comme avec Maria, en moins fort : elle sursauta.

— Qu'est-ce que vous allez faire?

— Descendre le lit...

— Vous croyez que vous avez raison de faire tout ça vous-même?

Elle l'aida. C'était le lit de la grande chambre, celui qui avait toujours été le lit de Thérésa. Il en descendit les montants. Elle porta le sommier avec lui.

— Vous savez où sont les draps?

Maria revint et il surveilla la côtelette qui cuisait, la monta, comme les autres jours, à Emilia qui était hébétée à cause du remue-ménage qu'elle entendait dans la maison. Il put à peine l'approcher. Elle avait peur. Il posa le plat sur la table de nuit et se retira à reculons, en prenant garde de ne pas l'effrayer davantage.

— Qui est-ce qui fournit les cierges? demanda-t-il à Stevens qui venait d'arriver avec un jeune homme couvert de boutons d'acné.

— Généralement c'est le client qui...

— Maria!... Courez chez le sacristain de Sainte-Walburge... Vous lui demanderez des cierges...

Maria était debout.

— Il me semble que je suis dans une maison de fous! sanglota-t-elle en gagnant le corridor. Des cierges, à cette heure-ci!

Et elle revint sur ses pas pour demander en pleurant:

— Des blancs ou des jaunes?

— Joris! murmura Marthe avec reproche.

— Vous préférez que ce soient eux ?

Elle n'avait pas osé regarder. C'est lui qui avait fait la toilette de la morte et maintenant il la soulevait dans ses bras, se dirigeait vers la porte, s'engageait dans l'escalier en prenant soin de ne pas heurter les murs avec son fardeau.

Il pensait à tout.

— Allez me chercher un peigne...

Car des cheveux indociles s'échappaient du bonnet et donnaient un air déjeté.

— Joris !

On pouvait croire qu'elle avait peur de lui, de son calme, de son sang-froid. Il se souvenait de détails que tout le monde avait oubliés.

— Il y a un autre candélabre en étain dans un panier qui doit se trouver dans le palier... Maria !... Allez voir...

Du buis, il s'en trouvait un brin à la tête de chaque lit de la maison. Ce fut lui aussi qui choisit une coupe d'étain pour l'eau bénite.

— Vous devriez manger un peu, Joris... Peut-être que si vous buviez un petit verre d'alcool ?...

Et le regard de Terlinck demandait simplement :

— Pourquoi ?

Il fallait encore un guéridon un plateau pour les cartes de visite. De temps en temps, il s'arrêtait au beau milieu d'un geste pour écouter. C'était quelqu'un, dehors, qui se rendait au « Vieux Beffroi » et qui hésitait un instant devant la maison.

— Demain, Marthe, vous irez au journal pour l'annonce nécrologique...

Maria surgit.

— Si personne ne mange, je dessers la table !

— Dans un instant, promit-il. Qu'est-ce qu'il y a à dîner ?

N'avait-il rien oublié ? Ah ! le chapelet ! Il alla le chercher dans la chambre, le glissa entre les doigts devenus cireux.

— Il faudra envoyer une auto pour prendre ma mère, demain matin... Pourvu qu'elle ne soit pas au marché !... Venez, Marthe... Maintenant, nous pouvons manger..

Il referma la porte avec soin. Dans la salle à manger encombrée des meubles du bureau, il déploya sa serviette.

— Servez, Maria !

Et comme Marthe, ne parvenant plus à se contenir, éclatait enfin en sanglots, il la regarda d'un air de reproche.

— Mais qu'est-ce qu'elle fait, cette Maria ? Il paraît que tout est prêt depuis une heure et...

Il se leva, entra dans la cuisine, vit la porte de l'arrière-cuisine qui bougeait et l'ouvrit brusquement.

— Écoutez, Baas... s'écriait la servante.

Il s'était arrêté. Dans la demi-obscurité de la pièce, éclairée seulement par les reflets de la cuisine, il reconnaissait Albert, debout, dans une attitude à la fois piteuse et hostile, un Albert en civil, aux yeux fiévreux comme ceux de l'autre, de Jef Claes qui certain soir...

— Je lui ai dit, Baas, qu'il avait eu tort et qu'il ferait mieux...

Il ne s'en occupait déjà plus. Il le laissait là, sans rien lui dire.

— Servez, Maria...

Marthe se mouchait sans répit. Il mangeait sa soupe, entendait Maria aller et venir. Quand elle revint pour changer les assiettes, il lui demanda :

— C'est de l'argent qu'il veut pour passer la frontière ?

Elle ne répondit pas. Elle pleurait, laissait tomber ses larmes n'importe où.

— Mon portefeuille est dans le costume noir... Vous n'avez qu'à lui donner mille francs...

Il resta à table jusqu'au bout, mangea le fromage, la salade, le dessert. Marthe, qui n'y tenait plus, était montée.

Tout seul, il poussa la porte de la chapelle ardente où il s'assit sur une des deux chaises qu'il y avait laissées parce qu'elles étaient en bois noir.

On s'agita encore dans la maison. Le carillon de l'Hôtel de Ville se déclencha maintes fois, rendant ensuite le silence plus absolu, le vide plus vide et enfin les volets de chez Kees descendirent dans un vacarme tandis que des pas s'éloignaient dans toutes les directions et qu'on surprenait les conversations de gens qui étaient à plus de trois cents mètres.

Quand, timidement, Marthe poussa la porte et risqua un regard pareil à tous les regards de la famille, un regard furtif, comme prêt à rentrer en elle, Terlinck était toujours assis à la même place

devant sa femme immobile, sa femme née de Baenst
dont le catafalque se dresserait, dans l'église, sur la
pierre déjà marquée du nom de Baenst, une pierre
qu'elle avait foulée aux pieds tant de milliers de fois,
chaque fois qu'elle venait à la messe, aux vêpres ou
au salut, et qu'avant d'entrer dans son banc elle
faisait la génuflexion.

— Vous devriez vous coucher, Terlinck !

Mais l'homme qui tournait la tête vers elle était si
grave, d'une gravité si douce, si sereine, qu'elle n'osa
pas insister et qu'elle s'agenouilla sur le prie-Dieu, fit
le signe de croix et resta là, le visage dans les mains.

VII

Une bonne femme murmura, le jour de l'enterrement :

— Il a rapetissé d'au moins dix centimètres !

Et, dans les travées où s'entassaient le menu
peuple, quelqu'un remarqua :

— Il a l'air du mari de sa mère...

On eut peur, un moment, lorsqu'il fallut défiler
devant lui et lui serrer la main, parce que Léonard
Van Hamme était là et que depuis la veille il faisait
fonction de maire en attendant sa nomination.

M. Coomans et l'avocat Meulebeck se tenaient
derrière lui. On avait fait passer devant le sénateur
de Groote pour donner au défilé un poids plus
officiel.

— ... sincères condoléances... balbutiait-on en
passant.

Et on s'inclinait devant Marthe qu'on apercevait à
peine sous son voile, puis devant Mme Terlinck qui
était toute petite, puis devant des parents de Baenst
qu'on ne connaissait pas.

Seul Terlinck semblait penser à autre chose et

regardait parfois autour de lui dans le cimetière, comme pour suivre le vol d'un oiseau ou observer le feuillage d'un arbre.

— ... sincères condoléances...

Léonard Van Hamme passa comme les autres. Il lui serra la main comme aux autres, s'inclina légèrement ainsi qu'il le faisait chaque fois.

Le Procureur du Roi attendit plusieurs jours et on vit alors une auto s'arrêter devant la maison Terlinck, cinq personnes en descendre, le Dr Postumus arriver à pied.

Terlinck monta avec eux, sagement, si sagement qu'il leur faisait encore peur malgré son air fatigué.

— Essayez de ne pas trop la surexciter! recommanda-t-il.

Il ouvrit la porte, n'eut même pas l'air d'entendre leurs exclamations. Ni des conversations comme celle-ci :

— Qu'est-ce que c'est ? questionnait un jeune juge d'instruction en tendant son doigt qu'il avait passé sur la paillasse.

— Des matières fécales ! répondait Postumus.

— A combien de jours les évaluez-vous ?

— Cinq jours, six jours ?

— Ces plaies n'ont jamais été soignées ?

Ils furetaient partout, s'assuraient de la solidité des barreaux que Terlinck avait scellés devant la lucarne. Puis on appelait Maria qui montait en tenant ses jupes à deux mains.

— Cette porte était toujours fermée ? Qui en avait la clef ?

— Le Baas...

Parfois, en regardant Terlinck, on avait l'impression déplaisante de le voir sourire.

Est-ce que, s'il l'avait voulu ?...

Ils s'acharnaient, maintenant que c'était commencé. Ils savaient si bien ce qu'ils venaient faire, les décisions étaient tellement prises qu'ils avaient amené avec eux une voiture d'ambulance.

Postumus était comique. Il n'osait pas le regarder, affectait de ne parler qu'en termes techniques.

— En somme, nous nous trouvons devant un cas de séquestration caractérisé ?

Albert n'était plus dans la maison. Maria avait reçu une carte postale de Lille, l'avait montrée à Terlinck qui avait déclaré simplement :

— C'est bien !

Qu'est-ce qui était bien ? On ne savait pas. Avec lui, on ne savait plus. Parfois on aurait pu dire qu'il vivait comme si rien ne s'était passé. Il allait à son bureau le matin et l'après-midi, non plus à son bureau de l'Hôtel de Ville, mais à celui de la manufacture de cigares. Il n'avait pas une seule fois sorti son auto du garage. Le soir, il entrait au « Vieux Beffroi » et s'asseyait à la même place qu'avant.

— Vous ne croyez pas que je doive m'en aller ? lui avait demandé Marthe.

— Je ne crois pas.

— Il faut pourtant que je fasse quelque chose !

— Eh bien ! vous resterez ici..

— Faites monter les infirmiers..

On le tenait à l'œil. Certains avaient prévenu qu'il ne laisserait pas partir sa fille et qu'il était peut-être armé, qu'il était devenu bizarre au cours des derniers jours.

Ils ne savaient pas ! Ils n'avaient rien compris !

S'il avait voulu faire quelque chose, ce n'est pas ça qu'il aurait fait ! Et il ne serait même plus à Furnes !

N'avait-il pas eu la possibilité, lui, Terlinck, malgré son âge, de commencer une vie nouvelle, de vivre une nouvelle jeunesse ?

Manola l'avait dit nettement : cinq mille francs par mois !

Et qu'est-ce que Léonard ?...

Il valait mieux les laisser faire, les laisser croire ! Il s'efforçait même de les saluer humblement, comme un vaincu, de prononcer avec componction :

— Oui, monsieur le juge... Oui, monsieur le procureur...

Ils bouleversaient la maison, montaient une civière, heurtaient les murs et faisaient des éclats dans le plâtre. Emilia, comme par hasard, hébétée sans doute, se montrait docile.

Les autos partirent et le vide se fit. Maria se croyait obligée de sangloter dans la cuisine. Pourtant son fils venait de lui écrire qu'il avait trouvé de l'embauche dans une usine de produits chimiques.

Marthe ne lançait que des coups d'œil. Elle flottait. Elle cherchait.

— Qu'est-ce que vous allez faire ?

Et lui, qu'elle devait trouver cynique :

— Qu'est-ce que je ferais ? On continue, n'est-ce pas ?

Elle non plus ne pouvait pas comprendre. Elle ne connaissait même pas la mère Janneke, à Ostende, son café, son chat roux qui avait un fauteuil d'osier pour lui seul, et...

Elle n'avait pas davantage entendu le discours, le dernier. L'eût-elle entendu qu'elle n'aurait pas compris !

Qui l'avait compris ?

Un seul, peut-être ? Mais celui-là n'était qu'un tableau : Van de Vliet !

On fait des choses sans savoir au juste pourquoi, parce qu'on croit qu'on doit les faire, puis...

On évitait de lui parler, chez Kees, pendant la partie. Peut-être auraient-ils préféré qu'il ne fût pas là. Mais il y était, tous les soirs, avec son cigare, son étui qui claquait, son bout d'ambre.

— Alors, Terlinck ?

Il répondait :

— Alors ?

Et ils continuaient leur partie. Ils étaient embêtés.

— Avouez tout de même que c'est votre faute si...

Il souriait, buvait sa bière. Les imbéciles n'étaient pas loin de le considérer comme un phénomène dans le genre de la mère de Claes qui se saoulait toujours et qui, quand elle était ivre, s'en prenait invariablement aux agents.

Lui, s'il l'avait voulu...

Mais à quoi bon le leur dire ? Et les laisser entrer

dans la maison qui était devenue un musée où chaque pièce qui avait appartenu à Thérésa était à sa place, y compris ses pantoufles bleu pâle au pied de son lit !

Il avait vécu une vie, comme tout le monde.

Est-ce qu'il n'avait pas eu l'occasion, tout vieux qu'il était, d'en vivre une deuxième ?

C'était cela qu'il aurait voulu exprimer dans son discours, mais il n'avait pas trouvé les mots ! Ces gens qui maintenant vivaient de la location de villas sur la côte et de la vente des terrains...

Peu importe, puisqu'il avait décidé de penser tout seul !

Il ne se souvenait plus très bien des termes de son discours. Il sentait seulement que s'il avait pu dire ce qu'il avait à dire...

Il avait placé des portraits de Thérésa sur tous les murs. Il obligeait Marthe à s'habiller avec les vêtements de sa sœur.

— Écoutez, Terlinck, la situation, pour moi, est...

Et lui, sachant qu'elle comprenait :

— La situation changera bientôt, n'est-ce pas ?

Avec la fin du deuil Parce qu'il fallait que la maison restât la même. N'était-ce pas logique qu'il épousât sa belle-sœur ?

Ce n'était pas pour s'amuser !

C'était pour rester ensemble, avec Maria et la maison.

Pour causer...

Parce que, s'il l'avait voulu..

Nieul-sur-Mer, le 29 décembre 1938.

DU MÊME AUTEUR

Aux Éditions Gallimard

COLLECTION FOLIO POLICIER

Impression Bussière Camedan Imprimeries
à Saint-Amand (Cher),
le 3 janvier 2003.
Dépôt légal : janvier 2003.
1ᵉʳ dépôt légal dans la collection : janvier 2000.
Numéro d'imprimeur : 025886/1.
ISBN 2-07-041028-5./Imprimé en France.

121976